민족운자출판물특별보조프로젝트
民族文字出版专项资金资助项目

중국고전문학총서

조한대조주해본

금원명청시선
金元明清诗选

김성우 역주

료녕민족출판사

民族文字出版专项资金资助项目

© 金声宇 2023

图书在版编目（CIP）数据

金元明清诗选：朝汉对照 / 金声宇译注 . —沈阳：辽宁民族出版社，2023.12
（中国古典文学丛书）
ISBN 978-7-5497-2934-0

Ⅰ．①金… Ⅱ．①金… Ⅲ．①古典诗歌－诗集－中国－金代－朝、汉②古典诗歌－诗集－中国－元代－朝、汉③古典诗歌－诗集－中国－明清时代－朝、汉 Ⅳ．① I222.74

中国国家版本馆 CIP 数据核字（2023）第 213621 号

金元明清诗选
JIN-YUAN-MING-QING SHIXUAN

出版发行者：	辽宁民族出版社
地　　　址：	沈阳市和平区十一纬路 25 号　邮编：110003
印　刷　者：	辽宁新华印务有限公司
幅面尺寸：	160mm×230mm
印　　　张：	19.5
字　　　数：	260 千字
出版时间：	2023 年 12 月第 1 版
印刷时间：	2023 年 12 月第 1 次印刷
责任编辑：	金诗雯
封面设计：	杜　江
责任校对：	赵敏宏
标准书号：	ISBN 978-7-5497-2934-0
定　　　价：	100.00 元

网　　　址：www.lnmzcbs.com　　　邮购热线：024-23284335
淘宝网店：http://lnmz2013.taobao.com
如有印装质量问题，请与出版社联系调换　　联系电话：024-23284340

中国古典文学丛书 金元明清诗选

머리말

　　중국고전문학의 정품 선독이라고 할 수 있는 《중국고전문학총서》(이하 《총서》로 략칭) 조선문판이 지난 몇년간의 준비과정을 거쳐 향후 몇년간 단계별로 륙속 독자들과 대면하게 된다. 본 《총서》는 2022년도 민족문자출판물특별보조프로젝트에 편입되면서 출판자금을 지원 받아 정식으로 출판단계에 들어섰으며 빛을 볼 수 있게 되였다.

　　력사를 돌이켜볼 때 중국문화의 형성과 발전 과정은 끊임없는 학습과 창조 과정을 거쳤다. 중화민족은 일찍 주변 국가와 타민족으로부터 많은 것을 배우면서 어제날의 휘황한 번영을 이룩하였으며 우수한 중국문화를 루적해왔다. 유구한 력사와 찬란한 문화를 갖고 있는 중화민족은 재래로 외국문화의 새로운 요소들을 섭취하면서 자기를 풍부히 하였고 또한 자신의 새로운 성과로 세계에 기여하였다. 따라서 중국의 우수한 고전을 다른 문자로 체계적으로 정확히 번역, 출판하여 세상에 널리 알리는 일은 여러 세대에 걸쳐 품어온 소망이였다.

　　세계는 이미 21세기에 들어섰다. 흩어지고 두절되였던 세계는 점차 하나의 세계로 이어지고 있고 지구일체화 추세는 날로 뚜렷해지고 있으며 한 민족, 한 국가의 력사도 점차 큰 범위에서 전세계의 력사로 되고 있다. 지구상의 모든 인류문화는 인류공동의 소중한 유산이다. 정보화를 특징으로 하는 인터넷 시대에 살고 있는 우리는 서로 배우고 공동 발전하는 길에서 인류의 참신한 '지구촌'을 건설하고 있다.

　　세세대대로 교육과 문화를 중시해온 조선민족 선조들도 력사의 흐름 속에서 자체의 훌륭한 문화유산을 창조하였다. 그 어느 문화의 발전도 다른 우수한 문화를 섭취하지 않고서는 이룩할 수 없으며 또한 다른 우수한 문화의 발전을 전제로 한다. 따라서 본 《총서》의 조선문판 출판을 통하여 중화민족 5천년 력사의 우수한 문화를 선전하고 섭취하여 우리 민족의 문화를 더욱 발전시키자는 것이 본 《총서》를 기획 출판하게 된 취지이다.

　　본 《총서》는 편찬 과정에서 널리 알려진 고전을 위주로 하면서 기타 필요하다고 생각되는 고전들을 포함시켰으며 대부분 고전들은 편폭상의 제한으로 부분만 번역하였음을 알리는 바이다. 그리고 독자들이 읽고 리해하는 데 도움을 주기 위하여 번역문 뒤에는 한어 원문을 넣었고 일부 리해하기 어려운 인명이나 지명 등은 주해를 달아 해석하였다.

　　정부의 현명한 민족출판정책의 혜택으로 본 《총서》가 빛을 보게 된 데 대하여 행운스럽게 생각하는 동시에 다른 한편으로는 시간적 긴박성과 수준의 제한으로 일부 우수한 작품이 수록되지 못했을 수도 있고 두루 미흡한 부분도 있을 수 있는바 독자들의 량해를 구한다. 본 《총서》가 중국의 우수한 고전들을 전면적이고 체계적으로 우리 민족 대중들에게 알리는 데서 자기의 역할을 다할 것을 희망하며 중국고전문학이 세계문학의 한 부분으로 길이 남아 빛을 뿌릴 것이라 기대한다.

편 자
2022년 2월 28일

中国古典文学丛书 金元明清诗选

금시선

그림병풍에 제하여(题画屏) ············· 완안량(完颜亮) 003
저물녘 물가에서 지팽이를 짚고서
　　(日暮倚杖水边) ··················· 왕적(王寂) 005
취병구 7수중 2수
　　(翠屏口七首之二) ················· 주앙(周昂) 008
양성 가는 도중에 장관이 횡포하다는 말이 있어서
　　(襄城道中有言长官横暴者) ········· 로탁(路铎) 010
돌아가고 싶어라(思归) ··············· 완안찬(完颜璹) 013
계사년 5월 3일 황하를 건너 북으로 가며
　　(癸巳五月三日北渡) ··············· 원호문(元好问) 015
안문의 길을 가면서 보이는 풍경을 읊다
　　(雁门道中书所见) ················· 원호문(元好问) 019

001

중국고전문학총서 **금원명청시선**

원시선

립춘날에 홍매를 감상하며
　　(立春日赏红梅之作) ································· 원회(元淮) 025
제원을 지나다 배공정에 올라 한한로인의 운을 쓰노라
　　(过济源登裴公亭用闲闲老人韵) ········ 야률초재(耶律楚材) 027
가을밤(秋夜) ·· 조지겸(曹之谦) 029
시내가에서(溪上) ·· 류병충(刘秉忠) 031
락화(落花) ·· 학경(郝经) 033
종필정그림에 부쳐(种笔亭题画) ························ 고극공(高克恭) 036
전당에서 옛일을 생각하며(钱塘怀古) ················ 조맹부(赵孟頫) 038
리한림 묘(李翰林墓) ·· 송무(宋无) 040
3월 15일 밤 영화관에 올라
　　(三月十五夜登迎华观) ··································· 허겸(许谦) 042
황주로 가는 길에서(黄州道中) ·························· 장양호(张养浩) 044
경사로 와서(到京师) ·· 양재(杨载) 046
저녁 나루터(晚渡) ·· 주권(周权) 048
묵매(墨梅) ·· 왕면(王冕) 050
용금문에서 버들을 보며(涌金门见柳) ················ 공성지(贡性之) 052
림평을 지나며(过临平) ·· 오경규(吴景奎) 054
사호에서 저녁에 돌아오며(沙湖晚归) ················ 주덕윤(朱德润) 057
그네(秋千) ·· 양유정(杨维桢) 059
장로에서 밤에 배에 앉아
　　(长芦舟中夜坐) ··· 윤정고(尹廷高) 061

6월 5일 우연히 짓다(六月五日偶成) —————— 예찬(倪瓒) 063
금릉에서 저녁에 구경하며(金陵晚眺) —————— 부약금(傅若金) 065
가을밤에 피리소리 들으며(秋夜闻笛) —————— 살도랄(萨都剌) 068
운문산 길에서(云门道中) —————— 김연(金涓) 070
남성에서 옛일을 읊다(南城咏古) —————— 내현(迺贤) 073
심생이 강주로 돌아감에 드리노라
　　(赠沈生还江州) —————— 장욱(张昱) 076
수홍교에 머물며 구점하다
　　(泊垂虹桥口占) —————— 고영(顾瑛) 078
시드는 련꽃에 제하여(题败荷) —————— 왕한(王翰) 080
작은 다리(小桥) —————— 팽병(彭炳) 082

명시선

엄릉의 낚시터(严陵钓台) —————— 장이녕(张以宁) 087
섬땅으로 돌아가는 허시용을 바래주며
　　(送许时用还剡) —————— 송렴(宋濂) 090
장문원(长门怨) —————— 류기(刘基) 093
감흥(感兴) —————— 류기(刘基) 095
객지에서 제석을 보내며(客中除夕) —————— 원개(袁凯) 097
고우를 지나며 느끼는 바가 있어
　　(过高邮有感) —————— 왕광양(汪广洋) 100
중구(重九) —————— 로연(鲁渊) 102
고소곡(姑苏曲) —————— 류숭(刘崧) 104

중국고전문학총서 **금원명청시선**

악양루에서 군산을 바라보며
 (登岳阳楼望君山) ——————————— 양기(杨基) 107
금릉의 우화대에 올라 장강을 바라보며
 (登金陵雨花台望大江) ——————— 고계(高启) 110
비가(悲歌) ———————————————— 주동(朱同) 115
상강에서 밤에 묵으며(湘江夜泊) ———— 사근(史谨) 117
진황묘(秦皇庙) —————————————— 림필(林弼) 119
변새에서 오랜 친구를 만나
 (塞上逢故人) ——————————————— 림홍(林鸿) 121
서호죽지사(1)(西湖竹枝词其一) ——— 왕립중(王立中) 123
청명에 즈음하여(清明即事) ——————— 구우(瞿佑) 125
병신년에 회포를 읊노라(丙申岁咏怀) — 리연흥(李延兴) 127
봄 기러기(春雁) ————————————— 왕공(王恭) 129
시를 말하다(谈诗) ———————————— 방효유(方孝孺) 131
류백천의 석상에서 지음
 (刘伯川席上作) ————————————— 양사기(杨士奇) 133
안해에게(寄内) —————————————— 해진(解缙) 136
남양에서 돌아오며(归自南阳) —————— 리창기(李昌祺) 139
기서행(饥鼠行) —————————————— 공후(龚诩) 141
석회의 노래(石灰吟) ——————————— 우겸(于谦) 143
책들을 보며(观书) ———————————— 우겸(于谦) 145
사하를 다시 지나는 길에서
 (重过沙河道中) ————————————— 륙덕온(陆德蕴) 147
가을 상념(秋思) ————————————— 구준(丘濬) 149

소경(小景)	류태(刘泰)	151
호릉성(胡陵城)	장필(张弼)	153
명비사(明妃词)	황중소(黃仲昭)	155
신춘일(新春日)	축윤명(祝允明)	157
도화암의 노래(桃花庵歌)	당인(唐寅)	159
밤에 룡담가에 앉아(龙潭夜坐)	왕수인(王守仁)	162
바다 우에서(泛海)	왕수인(王守仁)	165
하구에서 밤에 묵고 벗과 작별하며 (夏口夜泊别友人)	리몽양(李梦阳)	167
태산(泰山)	리몽양(李梦阳)	169
상아(嫦娥)	변공(边贡)	171
무창에서 지음(在武昌作)	서정경(徐祯卿)	173
망지에게 답함(答望之)	하경명(何景明)	175
금사강에 묵으면서(宿金沙江)	양신(杨慎)	177
새상곡(塞上曲)	사진(谢榛)	180
옛날을 그리며(感旧)	주왈번(朱曰藩)	182
갑인년 시월 기사(甲寅十月纪事)	귀유광(归有光)	184
남으로 돌아가는 주자를 바래며 (送朱子南还)	심련(沈炼)	187
섭의부의 명비곡에 화답하여 (和聂仪部明妃曲)	리반룡(李攀龙)	189
옛날을 추억하며(感旧)	서중행(徐中行)	191
어머니와 작별하며(别母)	심명신(沈明臣)	193
감산에서의 개가(龛山凯歌)	서위(徐渭)	195

태백루에 올라(登太白楼)	왕세정(王世贞) 197
초당에서 감흥에 겨워(草堂漫兴)	마계룡(马继龙) 200
오산인을 바래주며(送吴山人)	종신(宗臣) 202
마상에서 짓다(马上作)	척계광(戚继光) 204
황포에서 밤에 머물며(黄浦夜泊)	왕치등(王稚登) 206
소주에 이르러(抵苏州)	마임원(马任远) 208
주점에서 리대를 만나(酒店逢李大)	서통(徐熥) 210
동아로 가던 도중 저녁경치 바라보며	
(东阿道中晚望)	원굉도(袁宏道) 212
서릉협(西陵峡)	종성(钟惺) 215
황하에서 정박하며(黄河夜泊)	리류방(李流芳) 218
중원을 돌아볼 심가칙을 바랠 겸 척장군을 방문하며	
(送沈嘉则游中原兼访戚将军)	원경휴(袁景休) 220
고소를 지나며 느끼는 바가 있어	
(过姑苏有感)	손량기(孙良器) 222
소거행(小车行)	진자룡(陈子龙) 224
역수를 건너며(渡易水)	진자룡(陈子龙) 227

청시선

후관기 절구(后观棋绝句)	전겸익(钱谦益) 231
사마 장창수를 애도함	
(哀张司马苍水)	황종희(黄宗羲) 233

을유년 그믐 절구 여덟편(1)

　　[乙酉岁除八绝句(其一)] ················· 부산(傅山) 236

정위(精卫) ································· 고염무(顾炎武) 238

춘강고체(기축)[春江古体(己丑)] ········ 왕부지(王夫之) 241

원앙호도가(鸳鸯湖棹歌) ··················· 주이존(朱彝尊) 244

아침비가 내리네(朝雨下) ················· 오가기(吴嘉纪) 247

섭산의 가을 저녁에 쓰노라

　　(摄山秋夕作) ·························· 굴대균(屈大均) 250

진회잡시(10)[秦淮杂诗(十)] ············ 왕사정(王士禛) 252

가을 버들(병서)[秋柳(并序)] ············ 왕사정(王士禛) 254

왕한기가 찾아오다(王韩起见过) ········· 심덕잠(沈德潜) 257

령은사의 달밤(灵隐寺月夜) ··············· 려악(厉鹗) 260

바다가 잡시(海上杂诗) ··················· 송락(宋荦) 262

묵죽화에 제하여(题画竹) ················· 정섭(郑燮) 264

이끼(苔) ···································· 원매(袁枚) 266

원간재를 추모하여(4)(挽袁简斋其四) ··· 요내(姚鼐) 268

세모에 집에 이르러(岁暮到家) ·········· 장사전(蒋士铨) 271

부주사(浮洲寺) ···························· 장사전(蒋士铨) 273

《원유산집》에 제하여(题元遗山集) ···· 조익(赵翼) 275

한장갑(韩庄闸) ···························· 옹방강(翁方纲) 277

소년행(少年行) ···························· 황경인(黄景仁) 279

어머님과 작별하며(别老母) ·············· 황경인(黄景仁) 281

로구(芦沟) ································· 장문도(张问陶) 282

그림에 제하여(题画) ······················ 오숭량(吴嵩梁) 284

수자리 가며 등정구에서 집사람에게 이 말을
　　남기노라(赴戍登程口占示家人) ──── 림측서(林则徐) 286
기해잡시(제125수)
　　［己亥杂诗(其一二五)］ ──── 공자진(龚自珍) 290
량계녀관 운향이 그린 란초장권에 제하여(1)
　　［画兰曲题梁溪女冠韵香画兰长卷(其一)］ 왕단(汪端) 292
저녁 풍경(晚望) ──── 정진(郑珍) 295
슬프다, 려순이여(哀旅顺) ──── 황준헌(黄遵宪) 297

금시선

그림병풍에 제하여
题画屏

완안량(完颜亮)

만리에 차궤와 문자를 통일하였거니
강남이라고 어찌 따로 봉해둔단 말인가?
백만 군사 이끌고 서호(西湖)가에 짓쳐와서
오산(吳山) 제일봉에 우뚝 말을 멈춰세웠노라.

(원문)
万里车书一混同, 江南岂有别疆封?
提兵百万西湖上, 立马吴山第一峰。

[이 시는 칠언절구이다. 해릉왕 완안량이 제위를 찬탈한 후 일련의 개혁을 실시하여 화하의 통일을 위해 여러 방면에서 준비작업들을 하였다. 이 시는 그가 강토를 넓히고 천하를 통일하려는 야심

찬 뜻을 보여주는 작품이다.]

작가소개

완안량(1122년—1161년): 자는 원공(元功), 본명은 적고내(迪古乃), 회녕부(會寧府, 지금의 흑룡강성 할빈시 아성구 백성) 사람이며 금조(金朝)의 제4대 황제이다. 1149년, 28살의 나이에 당숙인 희종(熙宗)을 살해하고는 황위를 찬탈하였다. 국가기구를 통일하여 독재 권력을 강화하였고 정원(貞元) 원년(1153년)에는 도읍을 연경(燕京)으로 옮겼다. 정륭(正隆) 6년(1161년), 화하를 통일할 의도로 대군을 거느리고 남송을 평정하다가 과주(瓜洲) 도강 작전 때에 완안원의(完顏元宜)를 위수로 한 부하들에게 살해되었고 사후 제위가 박탈당하여 즉위전의 왕호인 해릉왕(海陵王)으로 불린다. 책읽기를 좋아하였고 글재주가 있었으며 시사 창작에도 조예가 있었다. 재위 기간은 1149년—1161년이다.

저물녘 물가에서 지팽이를 짚고서
日暮倚杖水边

왕적(王寂)

물나라 갈바람에 우수수 나무잎 지는데
어수선한 이 마음 헝클어진 실타래 같네.
굴삼려(屈三閭) 물가에서 읊조리며 가던 곳 같고
백사마(白司馬) 강변에서 바래주던 그 때인 것 같네.
나를 모욕중상하던 자들 어쩌면 그럴 수가 있느냐
이내 마음은 저 푸른 하늘만이 알아줄 수 있거니.
오늘도 얼굴이 해쓱한 채 머리털 세여져가는데
벼슬을 내려놓고 물러나려 해도 이미 늦었네.

(원문)
水国西风小摇落，撩人羁绪乱如丝。
大夫泽畔行吟处，司马江头送别时。

尔辈何伤吾道在，此心唯有彼苍知。
苍颜华发今如许，便挂衣冠已是迟。

[수련에서는 장소, 시간, 심정을 밝히였는데 앞구는 경치를 썼고 뒤구는 감흥을 썼다. 경치는 구체적으로 썼지만 서정은 개괄하여 썼다. 스산한 가을경치에 시인의 착잡한 심사를 드러내고 있다. 아래 여섯구는 시인이 마음속에 오래동안 담아두었던 원망이 전부 폭발하는 것들인데 매 련마다 단독적인 의미를 갖고 있다. 함련에서는 위대한 시인 굴원과 백거이를 내세워 자신의 억울한 처지를 비기고 있으며 경련에서는 자신을 무함한 간녕배들을 직접 꾸짖으면서 이미 기정사실이 된 엄혹한 현실에 강한 불만과 원망을 표출하고 있다. 그러면서 자신의 청백함을 호소한다. 미련에 가서는 간녕배들이 살판치는 현실에서 어디 대고 하소연할 데도 없는 처지를 말하면서 일찍 은둔해야 되는데 그러지 못했음을 한탄하고 있다. 전반 시가 첫구를 내놓고는 다른 구체적인 경물이 제시된 것이 없다. 하지만 마음속의 무겁고 복잡한 울결이 일단 터지자 터진 제방으로 나오는 물처럼 거침없이 쏟아지면서 감정을 토로하였다.]

작가소개

왕적(1128년—1194년): 금대(金代)의 문학가임. 자는 원로(元老), 호는 졸헌(拙軒), 계주(薊州) 옥전(玉田, 지금의 하북 옥전) 사람이다. 천덕(天德) 3년(1151년)에 진사가 되고 태원(太原) 기현(祁縣) 현령, 진정소윤(真定少尹) 겸 하북서로병마부도총관(河北西路

兵馬副都總管) 등 관직을 력임하였다. 대정(大定) 26년(1186년)에 리재민을 구제하는 일로 무함을 당해 채주방어사(蔡州防禦使)로 폄적되었고 후에 다시 중도로전운사(中都路轉運使)로 되였다. 사망후 '문숙(文肅)'이라는 시호가 내려졌다. 시문에 조예가 있고 시작품의 시적 경지가 산뜻하고 그윽하며 고문을 능란하게 잘 다룬 것이 특징이다. 저작으로 ≪졸헌집(拙軒集)≫이 있다.

취병구 7수중 2수
翠屏口七首之二

주앙(周昂)

지세는 산하를 안았으니 웅장하고
영문엔 갑병을 가두고 있으니 중지로다.
소와 말은 오솔길로 해서 넘나들고
등불은 변새 밖 송림에서 번뜩이누나.
조두(刁斗)를 두드리며 병사들 야순(夜巡)을 돌며
양털 갖옷으로 겨울 추위 막아내누나.
가련토다, 하늘이 내신 천험임에도 불구하고
적병에게 빼앗기고 말다니.

(원문)
地拥河山壮, 营关剑甲重。
马牛来细路, 灯火出寒松。

刁斗方严夜，羔裘欲御冬。

可怜天设险，不入汉提封。

[이 시는 오언률시이다. 시인은 금군을 따라 취병산을 수비하러 왔는데 시인의 눈에 비친 취병산은 지세가 험요하고 병력이며 무기, 량초도 넉넉한 난공불락의 요새였다. 하지만 주장의 무능함으로 하여 몽골의 철기를 당해내지 못하였으니 정말 비탄할 일이 아닐 수 없었다. 이 시는 금대(金代)의 변새시(邊塞詩) 가운데서도 가작으로 손꼽힌다.]

작가소개

주앙(？—1211년): 자는 덕경(德卿), 진정(真定, 지금의 하북 석가장 일대) 사람이다. 24세에 진사급제하고 남화주부(南和主簿)를 지냈다. 치적이 특출하여 감찰어사(監察禦史)까지 되였으나 시를 지은 것이 죄가 되여 귀양살이를 십여년 하였다. 그러다가 륭주도군(隆州都軍)이 되여 변방수비에 공을 세웠기로 삼사관(三司官)이 되였다. 대안(大安) 3년(1211년) 륙부원외랑(六部員外郎)이 되였고 완안승유(完顏承裕)를 따라 종군하여 몽골군의 침입을 막았다. 그러다가 역주(易州)가 함락될 때 살해되였다.

양성 가는 도중에 장관이 횡포하다는 말이 있어서
襄城道中有言长官横暴者

로탁(路铎)

메마른 곡식들 바람에 머리 숙이고 여수(汝水)는 긴데
역마는 느릿느릿 가을 햇볕 속에 로곤해 하는구나.
병든 몸에다가 공가일까지 겹쳐들어 바쁘니
구름이 몰려와 비 한바탕 시원히 내려주면 안될까?
가을벌레는 곡식을 해치지 않는다고들 말하지만
가혹한 정치가 황충보다 더 사람을 괴롭히누나.
서산(西山)의 은사들은 이런 판에 시 쓴다고 비웃으며
이미 눈썹에 불 붙었는데 아직 은둔하지 않느냐 하네.

(원문)
禾黍低风汝水长, 迟迟驿骑困秋阳。
病躯官事交相碍, 梦雨行云肯借凉?

尽说秋虫不伤稼,却愁苛政苦于蝗。
诗成应被西山笑,已炙眉头尚否臧。

[이는 칠언률시이다. 오랜 가뭄을 겪은 데다가 역참의 공문 전달도 지체되고 있다. 시인은 양성길에서 밭머리에 나가 재해정황을 살핀다. 그러면서 메말라가는 곡식을 위해 하늘에서 비를 내려줄 것을 간절히 빈다. 사실 시인 자신의 속타는 마음을 토로한 것이다. "가을 벌레는 곡식을 해치지 않는다고들 말하지만 / 가혹한 정치가 황충보다 더 사람을 괴롭히누나(盡說秋蟲不傷稼,卻愁苛政苦于蝗)."는 명구이다. 가을날의 황충떼보다 관리들의 가렴잡세가 더 사람을 힘들게 한다는 것으로서 가혹한 정치는 범보다 무섭다는 뜻의 '가정맹어호(苛政猛于虎)'라는 성어를 련상시킨다. 시인은 자기의 말이 아무런 도움이 되지 못하고 은자들이 비웃으며 화를 자초하기 전에 어서 은둔하라고 권고하는 것으로 미련(尾聯)을 마무리하였다.]

작가소개

로탁(？—1218년): 금대(金代)의 문학가임. 자는 선숙(宣叔), 기주(冀州, 지금의 하북 기현) 사람으로서 로백달(路伯達)의 아들이다. 명창(明昌) 3년(1192년)에 좌삼부사정(左三部司正)이 되고 우습유(右拾遺), 우보궐(右補闕), 한림수찬(翰林修撰), 시어사(侍禦史) 등 벼슬을 력임하였다. 바른소리를 잘하는 대신으로서 장종(章宗)은 그를 특별한 례로 대해주었다. 경주자사(景州刺史)로 가서 〈십이훈(十二訓)〉을 저술하여 백성을 교화하였고 태화(泰和) 6년(1206년)에 한림대제(翰林待制)가 되고 맹주방어사(孟州防禦史)를 지냈다. 정우(貞祐) 초기에 몽골군이 맹주를 함락하자 심수(沁水)에 뛰여들어 익사하였다. 사람됨이 대바르고 직간을 잘하는 대신으로 알려져있다. 저서로 ≪허주거사집(虛舟居士集)≫이 있는데 이미 산실되고 원호문(元好問)의 ≪중주집(中州集)≫에 시 26수가 실려 전해지고 있다.

돌아가고 싶어라
思归

완안찬(完颜璨)

온 하루 오로지 느끼는 것이 물시계소리일 뿐
꺼진 초불 타버린 재 몇번이나 읊조리였던가.
꿈에 옛친구를 만났다가 대숲 소리에 놀라 깨니
창문 두드리는 비소리 봄을 재촉하던 갈고소리여라.
새로 쓴 시 맑기로 아황주(鹅黄酒) 같고
고향 가고픈 마음 짙기로 검푸른 강 같아라.
추억은 연두빛 구름되여 정자 아래 물에 비껴가고
청초 우거진 비탈에는 해오라기 쌍쌍이 나니누나.

(원문)
四时惟觉漏声长，几度吟残蜡烬釭。
惊梦故人风动竹，催春羯(jié)鼓雨敲窗。

新诗淡似鹅黄酒，归思浓如鸭绿江。
遥想翠云亭下水，满陂青草鹭鸶双。

[이 시는 칠언률시이다. 몽골군의 위협으로 금조는 도읍을 개봉으로 옮겼다. 지루한 밤, 시인은 지난날을 생각하며 잠들지 못한다. 그러다가 잠깐 잠이 들었는데 꿈속에서 어릴 적 함께 놀던 친구를 만난다. 근심걱정 모르고 천진란만하던 행복한 동년이였다. 그러다가 바람에 대숲이 우는 소리를 듣고 놀라서 그만 잠에서 깨여난다. 바깥에서는 비줄기가 창문을 두드리고 있다. 그 소리가 마치 어린시절 친구와 함께 치던 갈고소리 같다. 시인은 태평스러웠던 북방의 고향에 얼마나 가고 싶었겠는가! 그 곳에는 푸른 물 출렁이는 강이 있고 울창한 수풀이 있으며 해오라기들이 쌍 지어 나니는 아늑함이 서려있는 곳이다. 시인이 갈망하는 것은 전쟁이 없고 조정의 분쟁이 없는 그야말로 한가로이 떠도는 구름과 들에 노니는 학처럼 매인 데 없이 유유자적하는 경지를 이르는 말인 '한운야학(閑雲野鶴)' 같은 삶일 것이다.]

작가소개

완안찬(1172년－1232년): 본명 수손(壽孫), 자는 중실(仲實), 자유(子瑜), 호는 저헌로인(樗軒老人)이며 금세종(世宗)의 손자이고 월왕 완안영공(完顏永功)의 맏아들이다. 천흥(天興) 원년(1232년) 몽골군이 금조 변량(汴梁)을 공격할 때 포위된 성안에서 61세 나이에 병으로 사망하였다.

계사년 5월 3일 황하를 건너 북으로 가며
癸巳五月三日北渡

원호문(元好问)

1

길가에는 온통 묶인 포로들이 쓰러져 있는데
지나가는 천막 수레들 물 흐르듯 거침없구나.
젊은 녀인들 울면서 몽골군의 말을 따라가며
누구를 찾으려나 걸음걸음 안타까이 뒤돌아보누나.

(원문)
道旁僵卧满累(léi)囚，过去旃(zhān)车似水流；
红粉哭随回鹘(hú)马，为谁一步一回头。

2

군영의 나무불상이 장작같이 흔해빠지고

궁중의 대악 편종(編鐘)¹⁾이 시장에 가득 널려있네.
얼마나 로략질을 하였는지 나에게 묻지도 마소
큰 배에 가득 실어 변경(汴京)²⁾을 통채로 날라왔다네.

(원문)
随营木佛贱于柴, 大乐编钟满市排。
虏掠几何君莫问, 大船浑载汴(biàn)京来。

3

여기저기 백골이 란마(亂麻)처럼 널려 있고
몇년 사이 고향은 사막이 되여버렸네.
황하 이북은 생령이라곤 다 죽었으니
무너진 집 밥 짓는 연기가 그치여 그 얼마이던가.

(원문)
白骨纵横似乱麻, 几年桑梓变龙沙。
只知河朔生灵尽, 破屋疏烟却数家。

[계사년(癸巳年)은 금조 천흥(天興) 2년(1233년)으로 금조가 수도로 삼았던 변경(汴京)이 몽골군에게 함락되자 당시 금조 상서성

---

1) 편종(編鐘): 아악기의 하나로 두층의 걸이가 있는 틀에 십이률 순서로 조률된 종을 한단에 여덟개씩 달아 망치로 치는 타악기임. 여기서는 궁중의 문화재보를 상징함.
2) 변경(汴京): 지금의 하남성 개봉시임. 력사상 오대(五代)시기의 후량(後梁), 후진(後晋), 후한(後漢), 후주(後周) 그리고 후의 송조(宋朝), 금조(金朝) 등의 도읍지였음.

(尙書省)의 7품관인 좌사도사(左司都事) 직에 있었던 원호문은 몽골군의 포로가 되였다. 그는 변경성 남쪽의 청성(靑城)에 수감되였다가 4월에 료성(聊城)으로 압송되여 감옥에 갇혔다. 이 칠언절구 조시는 원호문이 포로가 되여 북으로 끌려갈 때 황하를 건너다가 지은 것이다. 첫째 수는 몽골군이 금조의 황족과 백성들을 포로로 끌고 가는데 특히 젊은 녀자포로들이 끌려가기 싫어 발걸음마다 뒤를 돌아보는 모습을 애처롭게 묘사하고 있다. 정든 가족과 산하를 뒤로 하고 망국의 포로가 되여 끌려가니 차마 발걸음이 떨어지지 않았을 것이다. 둘째 수는 몽골군이 금조 황실에서 략탈한 불상과 악기들이 군영과 시장에 가득 널렸고 그것을 큰 배로 이송해가고 있는데 얼마나 많은 지를 모르겠다는 것이다. 전쟁에 패하여 소중한 문화재들이 략탈 당해 천대받고 있는 모습에서 망국의 슬픔을 다시한번 느끼는 것이다. 셋째 수는 몽골군의 침략전이 여러해 계속되여 백골이 지천으로 널리고 고향은 황폐해져 사막으로 변해버린 것이다. 그리고 하북땅은 아예 사람이 모두 죽어 씨가 말랐다고 하는데 그래도 몇집에서는 밥 짓는 연기가 오른다고 전쟁의 참상을 처절하게 묘사하고 있다. 원호문은 자신의 조국인 금조가 몽골군에 처참하게 무너지고 백성들은 포로로 끌려가거나 죽음을 당하는 참상을 매우 생생하게 그리고 있다. 전쟁이 얼마나 잔인하고 처참한지를 여실하게 보여주면서 망국의 아픔과 한을 절절하게 묘사하고 있는 작품이다.]

작가소개

원호문(1190년—1257년): 자는 유지(裕之), 호는 유산(遺山), 태원(太原) 수용(秀容, 지금의 산서성 서흔현) 사람이다. 1221년에 진사에 급제했으나 벼슬에 나가지 않고 몇년간 지방을 편력하였다. 그 뒤 관직에 나가서 벼슬이 좌사원외랑에까지 이르렀으나 금조가 망하고 말았다. 그 뒤로는 다시 화북 각지를 두루 유람하며 살다가 일생을 마쳤다. 후에 금조(金朝)의 사적을 채록하고 저술에 전념하였다. 특히 망국의 유민으로 살아가는 슬픔과 한을 가지면서 원조에 출사를 거부하고 금조의 력사와 시문을 정리한 절의가 돋보이는 인물이다. 금조의 망국을 직접 목도하면서 그는 전쟁의 참상과 백성의 고통을 생생하게 노래한 시를 많이 남겼다. 원호문은 천부적인 문학적 재능을 발휘하여 화려한 시를 버리고 힘있는 시를 지음으로써 리백(李白), 두보(杜甫)로부터 시작되어 소동파(蘇東坡), 황정견(黃庭堅)에 이르러 끊어졌던 시의 정통을 계승하였으며 후세에 두보를 련상시킬 만큼 뛰어난 시인으로 높게 평가받았다. 그는 또한 시론을 잘 쓰는 비평가로서 자신만의 독특한 시론을 남기기도 했다. 저서로 《원유산선생문집(元遺山先生文集)》 40권, 부록 1권, 《유산악부(遺山樂府)》 3권외에 《속이견지(續夷堅志)》 4권이 전해진다.

안문의 길을 가면서 보이는 풍경을 읊다
雁门道中书所见

원호문(元好问)

금성(金城)[1]에 한 열흘 머무르며

얼떨하게 취하여 가무에 빠져있었네.

그러다 성밖에 나가 민풍을 살펴보고

농민들 삶이 너무도 처참하여 가슴이 아렸네.

지난해는 여름 가을 가물어도

칠월에 기장이삭이 패고 있었네.

하루저녁 군사들이 장막을 세우더니

날 밝아 보니 죄다 짓밟혀 굳은 땅 되였네[2].

세금 독촉 급하기가 성화 같으니

---

1) 금성(金城): 고장 이름. 응주(應州)에 속해있는 현. 지금의 산서 응현(應縣)임.
2) 여기서는 장유(張柔) 등이 이끄는 몽골군사를 가리킴. 원태종 오고타이(窩閥台) 12년(1240년) 가을, 원조 군사가 송조를 공격하였는데 장유가 거느린 군사가 안문관을 지나 남하하면서 연도에 로략질을 일삼으며 밭을 마구 짓밟아놓아 그 해 낟알을 거두지 못하였다고 함.

내면 잡혀가 곤장을 맞아야 하네.
망라(網羅)[1]가 어디라 없이 늘여져 다 걸리는 판이니
지상천국은 과연 어느 곳에 있는가.
벼를 갉아먹는 해충은 백 종류도 넘고
사람 잡는 것도 호랑이 한 종류만이 아니라네.
하늘에 호소해도 하늘이 듣지 못하니
시로써 풍자한들 하등의 도움도 되지 못하네.
홑옷을 입은 저 사람은 누구인가
쌀을 사러 남부(南府)[2]로 가는구나.
한번 배불리 먹자고 안깐힘 다 쓰는 터라
어찌 마음에 내켜 멀리로 장사를 가겠는가.
꼬불꼬불한 안문산의 길은 험하고
눈 내린 산골짜기 물은 깊구나.
산고개 중턱에서 만난 달구지
사람도 소도 얼마나 힘들었을까!

(원문)

金城留旬浹(jiā)，兀(wù)兀醉歌舞。

出门览民风，惨惨愁肺腑。

去年夏秋旱，七月黍(shǔ)穟(suì)吐。

一昔营幕来，天明但平土。

---

1) 망라(網羅): 물고기나 새를 잡는 그물이라는 뜻으로 여기서는 인민을 압박하고 구속하는 각종 제도를 비유하여 이르는 말로 쓰였음.

2) 남부(南府): 안문(雁門) 남쪽의 태원부(太原府) 같은 주부(州府)를 가리킴.

调度急星火,逋(bū)负迫捶楚。
网罗方高悬,乐国果何所?
食禾有百螣(tè),择肉非一虎。
呼天天不闻,感讽复何补?
单衣者谁子?贩籴(dí)就南府。
倾身营一饱,岂乐远服贾(gǔ)?
盘盘雁门道,雪涧深以阻。
半岭逢驱车,人牛一何苦!

[안문산(雁門山)은 일명 구주산(句注山), 형령(陘嶺)이라고도 하는데 지금의 산서 대현(代縣) 북쪽에 있는 험준한 산이다. 당대(唐代)에 산에다 안문관(雁門關)을 설치하였고 력대로 내려오면서 전략 요충지로 되여 왔다. 이 시는 금조가 망한 후 원조 지배하에 살게 된 유민들의 너무나 비참하고 힘들었던 생활상을 생생하게 묘사하고 있다. 예나 지금이나 나라 잃은 백성의 처참한 모습은 다를 바가 없는 법이다. 원호문은 망국의 유민들이 얼마나 힘들게 살아가고 있는지를 지켜보면서 그 아픔을 시를 통해서 후세에 남겼다.]

원시선

립춘날에 홍매를 감상하며
立春日赏红梅之作

원회(元淮)

어제밤 봄바람이 북두성을 돌더니
둔덕 버들숲의 눈이 이제야 녹는구나.
날 밝자 한나무 가득 살구꽃 핀 듯
다리 너머 외딴 마을에 곱게 피였구나.
조물주도 꽃나무 여린 모습 싫어하나 봐
꽃송이마다 진홍 빛갈 산뜻하게 올려주구나.
푸른 가지 푸른 잎을 구분해선 뭣하랴
만훼(萬卉)[1] 총중(叢中) 으뜸가는 매화인데야.

(원문)
昨夜东风转斗杓, 陌头杨柳雪才消.

---
1) 만훼(萬卉): 여러가지 풀.

晓来一树如繁杏，开向孤村隔小桥。
应是化工嫌粉瘦，故将颜色助花娇。
青枝绿叶何须辨，万卉丛中夺锦标。

[이 시는 칠언률시이다. 시인의 맑고 그윽한 정회를 매화에 기탁하여 쓴 작품이다. 수련(首聯)에서는 천상과 기후를 씀으로써 립춘이 되면서 봄바람이 불고 눈이 녹는 것을 묘사하면서 다음 오는 시구에 정서적 기조를 깔아주었으며 함련(頷聯)에서는 '다리 너머 외딴 마을' 매화가 만개한 정경과 환경을 그렸다. 경련(頸聯)에서는 매화의 어여쁜 모습이 마치 조물주의 특별 배려로 된 것처럼 묘사하면서 매화를 한껏 격찬하고 있다. 미련(尾聯)에서는 매화가 '만훼 총 중에서 으뜸'임을 강조하였다. 이 시는 빙설 속에서도 활짝 꽃피는 매화를 노래하는 것을 통해 곤난을 두려워하지 않고 과감히 앞장 서서 나가는 고매한 인격에 대하여 찬미하였다.]

작가소개

원회(1130년-?): 원조(元朝)의 시인임. 이름은 중천(仲泉), 자는 국천(國泉), 호는 수경(水鏡)이며 강서 무주(撫州) 숭인(崇仁) 사람이다. 원조 초기에 무덕장군(武德將軍)을 제수받고 복건 소무(邵武)지부로 임명되였다. 문무가 겸비하고 특히 시문에 능하였으며 작품집으로 《금연집(金淵集)》이 있다. 이 《금연집》은 구원(仇遠)의 시집과 같은 이름이기에 후세사람들이 《금연음(金淵吟)》 또는 《수경집(水鏡集)》으로 고쳐 부르기도 하였다.

중국고전문학총서

제원을 지나다 배공정에 올라 한한로인의 운을 쓰노라
过济源登裴公亭用闲闲老人韵

야률초재(耶律楚材)

산들은 높푸른 하늘에 잇닿고 하늘은 물에 잠기고
산빛은 어른어른, 물결은 출렁출렁 용용하구나.
바람 한번 불면 수면은 쪽잎 물감 풀어놓은 듯
비 내린 산봉우리들은 눈썹먹 쏟아부은 것 같네.

(원문)
山接青霄水浸空, 山光滟滟水溶溶。
风回一镜揉蓝浅, 雨过千峰泼黛(dài)浓。

[제원(濟源)은 지금의 하남성 서부 황하 북안에 있는 제원시이다. 배공정은 당조(唐朝)의 이름난 재상인 배휴(裴休)를 기념하여 세운 정자이다. 배휴가 만년에 폄적되어 형남절도사로 임명되였는

데 불경을 연구하게 되면서 늘 익양(益陽)을 지나다니게 되였다. 그는 며칠씩 묵어가군 하였는데 강변에 초가를 지어놓고 책을 독송하였다. 후에 사람들은 아예 산에다 루각과 정자가 결합된 배공정이라는 건물을 지어놓고 배휴를 체류하게 하였다. 한한로인은 금조(金朝)의 시인 조병문(趙秉文)이다. 이 시는 칠언절구로 1232년 시인이 칭기스칸을 따라 남정할 때 지은 시이다. 자연의 맑고 아름다우며 산뜻한 경치를 노래한 것이다.]

작가소개

야률초재(1190년—1244년): 원조 초기의 저명한 재상임. 자는 진경(晉卿), 호는 옥천로인(玉泉老人) 또는 담연거사(湛然居士)라고 하며 거란족이다. 료나라 왕족의 자손으로 후에 칭기스칸에게 중용되였고 서역(西域) 원정에 종군하였으며 태종 때 중서령(中書令)이 되여 여러가지 정책을 내놓아 원조의 건립에 튼튼한 토대를 닦아놓았다. 저서에 《담연거사집(湛然居士集)》이 있다.

가을밤
秋夜

조지겸(曹之謙)

외롭고 쓸쓸한 강성의 밤 거의 끝나려는데
갈바람에 기러기 끼룩끼룩 구름 끝에서 우는구나.
그 한소리 멀리멀리 남루(南樓)[1]를 지나가고
푸른 하늘 달빛 가득하고 가을물 차겁구나.

(원문)
寂寂江城夜向闌，西风吹雁叫云端。
一声远过南楼去，月满碧天秋水寒。

[이 시는 칠언절구로 된 영회시(詠懷詩)이다. 시인은 가을밤에 느낀 감회를 토로하였다. 시인들은 대개 가을을 슬퍼하는 시를 많이

---

1) 남루(南樓): 남쪽에 있는 루.

썼는데 조지겸의 이 시 역시 그러하다. 고요한 가을밤, 남으로 나는 기러기, 차거운 가을물 이런 구체적이고도 감각적인 이미지들을 통하여 가을을 슬퍼하는 시인의 짙은 감정을 표현하고 있다.]

작가소개

조지겸(약 1194년—1264년): 자는 익보(益甫)이고 호는 태재(兌齋)이며 대동(大同) 응주(應州, 지금의 산서 응현) 사람이다. 일찍 등과하여 천흥(天興) 원년(1232년), 상서성 좌사도사(尙書省左司都事)로 임명되기도 하였다. 금조가 망한 후 평양(平陽)에 은거하여 30여 년간 학문을 강의하다가 생을 마감하였다. 작품집으로 ≪태재집(兌齋集)≫이 있다.

시내가에서
溪上

류병충(刘秉忠)

갈꽃은 멀리서 고기배 가는 걸 비추고
어적(渔笛)소리 이따금씩 두어번 들리누나.
한바탕 몰아친 서풍에 비구름 흩어지고
저녁해 아직도 있어 물가가 밝구나.

(원문)
芦花远映钓舟行，渔笛时闻三两声。
一阵西风吹雨散，夕阳还在水边明。

[이 시는 칠언절구로서 경물시이다. 가을날 저녁 무렵 내가에서 본 그윽하고 아름다운 경치를 읊은 것이다.]

작가소개

류병충(1216년—1274년): 원조 초기의 걸출한 정치가, 문학가임. 초명은 류간(劉侃), 법명은 자총(子聰)이고 자는 중해(仲晦)이며 호는 장춘산인(藏春散人)이다. 형주(邢州, 지금의 하북성 형대시) 사람이며 본적은 서주(瑞州)이다. 어려서부터 총명하여 열세살에 원수부의 질자로, 열일곱살에 형대절도부 령사로 있었다. 한때는 벼슬을 그만두고 허조선사(虛照禪師)를 스승으로 모시기도 하였다. 후에 구비라이(忽必烈)의 산하에 들어가서 포의의 신분으로 군정사무를 도왔는데 사람들은 그를 가리켜 '총서기(聰書記)'라고 불렀다. 지원(至元) 원년(1264년) 광록대부(光祿大夫), 태보(太保)가 되였고 중서성정사(中書省政事)를 맡았다. 지원 8년(1271년)에 구비라이에게 《역경(易經)》의 "위대하도다 건원이여(大哉乾元)"의 뜻을 취하여 몽골이름을 '대원(大元)'으로 고칠 것을 건의하였다. 그는 지원 11년(1274년) 59세의 나이로 사망하였는데 시호가 '문정(文正)'이였고 원조 한인들 중 삼공(三公)에 봉해진 유일한 사람이였다. 그는 유, 불, 도를 겸비하고 있으면서 원조 초기 정치체제와 전장제도의 토대를 닦아놓는 데 있어서 중요한 역할을 한 사람이며 특히 원조 수도 대도(大都)를 계획, 설계함으로써 지금의 북경시의 최초 도시추형을 닦아놓았다. 작품집으로 《장춘집(藏春集)》, 《평사옥척경(平砂玉尺經)》이 전해지고 있다.

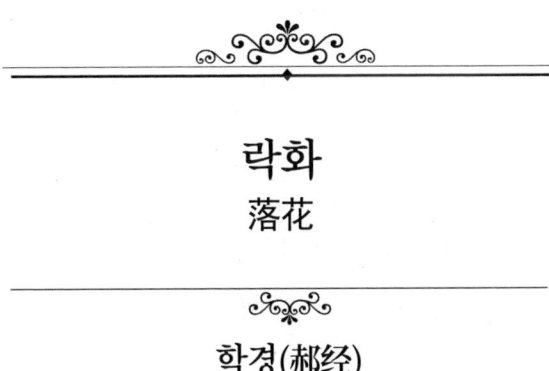

락화
落花

학경(郝经)

오색구름 꽃비[1]가 장문(長門)[2]에 소리없이 내리고

짙푸른 잔가지에 꽃받침 흔적이라.

도리화 봄바람은 나비들 꿈이요[3]

관산(關山)[4]의 밝은 달은 두견의 혼이로다[5].

옥란간에 안개 차거운데 수림은 텅 비여있고

---

1) 꽃비: 지는 꽃을 가리킴. 리하(李賀)의 〈장진주(將進酒)〉에 "마구 떨어지는 복사꽃 붉은 비 내리는 듯(桃花亂落如紅雨)"이라는 시구가 있음.
2) 장문(長門): 한(漢)조 때의 궁전 이름. 한무제의 진황후(陳皇后)가 실총하여 장문궁에 유폐되였음. 후세에 장문궁은 녀자가 총애를 잃고 유폐되여 있는 쓸쓸한 궁전을 비유하여 이르는 말로 되였음.
3) 장자(莊子)가 나비꿈을 꾸었다는 고사를 빌어 종잡을 수 없는 황홀한 꿈속 경지를 비유한 것임.
4) 관산(關山): 변경이나 요충지에 있는 산.
5) 두견(杜鵑)은 일명 두우(杜宇), 자규(子規)라고도 함. 전설에 옛 촉나라 망제 두우의 죽은 넋이 화하여 이 새가 되였다고 함. 울음소리가 애절하여 듣는 이들의 수심을 자아내게 함.

금곡원(金谷園)¹⁾ 향기는 한잔 술에 속아 스러졌네²⁾.
온 뜰안에 랑자하다고 그대여 쓸어내지 마시고
잠시 봄빛을 남겼다가 황혼까지 가세나.

(원문)
彩云红雨暗长门, 翡翠枝余萼绿痕。
桃李东风蝴蝶梦, 关山明月杜鹃魂。
玉阑烟冷空千树, 金谷香销谩一尊。
狼藉满庭君莫扫, 且留春色到黄昏。

[이 시는 칠언률시로 된 감상시(感傷詩)다. 수련에서는 '꽃비', '꽃받침'을 묘사하며 전반 시에 적막하고 청랭한 기분을 깔아주고 있으며 함련에서는 '나비들 꿈'과 '두견의 혼'으로 각각 장주가 나비꿈을 꾼 고사와 망제가 두견으로 화한 고사를 인용함으로써 세상살이의 황홀감과 고향에 대한 그리움을 썼고 경련에서는 지는 꽃 마주하고 달빛 아래서 텅 빈 술잔을 보며 모든 것이 부질없음을 금곡원 고사를 들먹이며 말하고 있으며 마감 미련에 가서는 지는 꽃을 아까워하고 가는 봄을 서러워하면서 스스로 고독을 달래고 있다.]

---

1) 금곡원(金谷園): 서진(西晉)의 부자 석숭(石崇)이 지은 호화로운 정원임.
2) 석숭의 총첩 록주(綠珠)가 석숭이 망하자 스스로 층루에서 떨어져 목숨을 끊은 것을 가리킴. 여기서는 지는 꽃을 비유한 것임.

작가소개

학경(1223년—1275년): 원조 초기의 저명한 유학자임. 자는 백상(伯常)이고 본적은 택주(澤州) 릉천(陵川, 지금의 산서 릉천)이며 원조의 대신이였던 학천정(郝天挺)의 손자이다. 원세조 구비라이의 부름을 받고 왕부에 들어갔으며 중통(中統) 원년(1260년) 사신으로 송에 가서 화의를 하려 하다가 가사도(賈似道)에게 억류되여 진주(眞州)에서 16년 동안 있다가 겨우 돌아왔다. 원조 사람들은 그의 의기와 절개를 높이 평가하면서 서한시기의 소무(蘇武)에 비기기도 하였다. 작품집으로 《릉천문집(陵川文集)》이 있다.

종필정그림에 부쳐
种笔亭题画

고극공(高克恭)

장마비 속에 수림과 집은 어스레하고
저녁녘 날이 개니 산마루 훤히 드러나누나.
부평초 헤치며 작은 배 모래섬에 다가가는데
배 가는 곳마다 물안개 굼실굼실 피여나누나.

(원문)
积雨暗林屋, 晚峰晴露巅。
扁舟入萍渚, 浮动一溪烟。

[그림에 제하여 쓴 오언절구이다. "시는 소리 있는 그림이요 그림은 소리 없는 시이다."라는 말은 바로 이런 시들을 두고 하는 말일 것이다.]

작가소개

고극공(1248년—1310년): 원조의 관원이고 화가이며 시인임. 자는 언경(彦敬), 호는 방산로인(房山老人)이며 색목인(色目人)이다. 어려서부터 남달리 총명하였고 독서를 많이 하였으며 학업에 열중하였다. 대덕(大德) 3년(1299년), 공부시랑(工部侍郞)이 되고 후에 리부시랑, 공부시랑을 거쳐 형부상서로 되였다. 대덕 9년(1305년)에 대중대부(大中大夫), 대명로총관(大名路總管)이 되여 렴결봉공하면서 탐관오리를 징치하였다. 지대(至大) 3년(1310년), 고극공은 경사로 돌아왔으나 얼마 안되여 63세의 나이로 연경에서 사망하였다. 사후 '문간(文簡)'이라는 시호가 내려졌다. 고극공은 미우인(米友仁), 리성(李成) 등 여러 대가들에게서 산수화를 배웠으며 묵죽(墨竹)에도 뛰여났다. 작품집에 《방산집(房山集)》, 《고문간공집(高文簡公集)》이 있다.

전당에서 옛일을 생각하며
钱塘怀古

조맹부(趙孟頫)

동남의 도회지 제왕이 살던 땅이지만

춘삼월 꾀꼬리 울고 꽃 피던 예전에 놀던 곳 아니라네.

고국의 금인(金人)이 눈물로 한(漢)조 작별하였고[1]

당년의 옥마(玉馬)도 끝내 주(周)조를 섬겼더라[2]

---

1) 망국의 슬픔을 쓴 것임. 한위(漢魏) 때의 이야기임. 한무제(漢武帝)가 건장궁(建章宮) 앞에 신명대(神明台)를 만들고 구리로 주조한 선인(仙人)을 올려세웠다. 그 선인은 손으로 승로반을 받쳐들고 감로수를 받게 하여 그 물로 옥가루를 반죽하여 먹음으로써 장생불사하려고 하였음. 후에 위명제(魏明帝)가 경초(景初) 원년(237년)에 명령을 내려 그 동인(銅人)을 장안에서 락양으로 옮기도록 하였는데 그 동인을 옮기려고 하자 동인이 눈물을 흘렸다고 함. 후세사람들은 이를 빌어 고국을 그리워하는 슬픈 마음을 표현하였음.

2) 은상(殷商) 때의 기자(箕子)의 이야기로 《사기·송미자세가(史記·宋微子世家)》에 이런 내용이 있음. "기자가 주왕(周王)을 배견하러 가는 도중 은나라 도성 페허를 지나게 되였는데 이미 파괴된 궁실에 곡식이 자라고 있는 것을 보게 되였다. 슬픈 생각이 들어 소리내여 울고 싶었으나 그럴 수 없었다. 울면 아녀자 꼴이 되는 것으로 생각했기 때문이다. 그래서 〈맥수지시(麥秀之詩)〉라는 시를 지어 노래하였다. 그 시에 이르기를 '보리이삭 쑥쑥 패고 벼와 기장 윤이 나네. 저 교활한 아이놈이 나와 사이가 안 좋았지.'라고 하였다. '교활한 아이놈'은 바로 주왕(紂王)을 가리킨다. 은나라 백성들이 이를 듣고서 모두들 눈물을 흘렸다(箕子朝周, 過故殷墟, 感宮室毀壞, 生禾黍, 箕子傷之, 欲哭則不可, 欲泣為其近婦人, 乃作《麥秀之詩》以歌詠之. 其詩曰: '麥秀漸漸兮, 禾黍油油. 彼狡僮兮, 不與我好兮!' 所謂狡僮者, 紂也. 殷民聞之, 皆為流涕).

산과 호수 오늘도 그냥 그대로 있고
강물은 유유히 제멋대로 흘러만 가누나.
천고의 흥하고 망함이 모두 이와 같으니
봄바람에 보리 자라는 옛 궁터 보니 시름겹구나.

(원문)
东南都会帝王州，三月莺花非旧游。
故国金人泣辞汉，当年玉马去朝周。
湖山靡靡今犹在，江水悠悠只自流。
千古兴亡尽如此，春风麦秀使人愁。

[이 시는 칠언률시로 된 회고시(懷古詩)이다. 시인은 동남 도회지에 와서 착잡한 심정으로 력사의 사변들을 돌이켜보면서 왕조의 흥망성쇠에 대한 개탄을 금치 못하고 있다.]

작가소개

조맹부(1254년—1322년): 원조의 화가, 서예가, 문인임. 자는 자앙(子昂), 호는 집현(集賢) 또는 송설도인(松雪道人), 수정궁도인(水晶宮道人), 구파(鷗波)이다. 송태조 조광윤(趙匡胤)의 11세손이며 오흥(吳興, 지금의 절강 호주시) 사람이다. 박학다재하고 서화와 시문에 조예가 깊어 원조 초기의 '사대가(四大家)' 가운데 한 사람으로 꼽힌다. 저서에 《상서주(尙書注)》, 《송설재집(松雪齋集)》 등이 있다.

리한림 묘
李翰林墓

송무(宋无)

고래를 타고 훌쩍 떠나가버리여[1]
헛되이 사씨네 청산에 묻히였더라[2].
달이 지니 오늘은 뉘가 와서 조문하는가
태백성은 이 밤도 스스로 빛나고 있네[3].
건곤(乾坤)에 청수한 그 모습 가라앉고
강물 우로 구슬픈 소리만 넘실거리네[4].
천상에는 궁부(宮府)가 많다고 하지만
문장만은 결코 가볍게 봐서는 안되리라.

---

1) 리백이 신선을 따라 고래를 타고 떠났다는 전설을 말한 것임.
2) 리태백의 무덤이 있는 곳을 가리킴. 지금의 안휘성 당도현 동남쪽에 있는 청림산임.
3) 리백의 자가 태백이므로 태백성으로 리백을 숭앙한 것임.
4) 전설에 리백이 채석기에서 술에 취해 물에 비친 달을 보고 그걸 건진다고 들어가 익사하였다고 함.

(원문)

一骑紫鲸去，空掩谢山茔。
落月今谁吊？长庚夜自明。
乾坤沈秀气，江水带哀声。
天上多宫府，文章不可轻。

[리한림은 리백을 가리킨다. 간결하고도 의미심장한 시어로 자연경물에 대한 묘사와 은유를 통하여 시인 리백에 대한 추모의 심정을 표현하였다.]

작가소개

송무(1260년－?): 본명은 우(尤), 자는 희언(晞顔), 송조가 망한 후 이름을 고쳤고 자를 자허(子虛)라고 하였다. 오(吳, 지금의 강소 소주)지역 사람으로서 일찍 구양수도(歐陽守道)에게서 학문을 배웠고 특히 시를 열심히 공부하였다. 원조가 건립되자 구양수도를 따라 대주(台州)로 가게 되였고 등광천(鄧光薦)을 알게 되여 그의 중시를 받았으나 일생을 불우하게 지냈고 만년에 취한산(翠寒山)에 은거하다가 80여세를 일기로 사망하였다. 저서로 《취한집(翠寒集)》이 있다.

중국고전문학총서 **금원명창시신**

3월 15일 밤 영화관에 올라
三月十五夜登迎华观

허겸(许谦)

깊은 밤 여기 와서 란간에 기대여
루대에서 천리 먼곳을 굽어보노라.
중천에 걸린 달에 꽃 그림자 바르고
평지에 내린 이슬에 풀빛이 차겁구나.
맑은 대기에 산천이 더 가까이 느껴지는데
마음은 저 멀리 넓은 우주를 알고 싶네.
긴 휘파람 한소리 구름 밖에서 떨어지니
몇몇 집 젊은 남녀 꿈에서 화뜰 깨여나는가.

(원문)
夜深来此倚阑干，千里楼台俯首看。
月到中天花影正，露零平地草光寒。

气清更觉山川近，意远从知宇宙宽。
长啸一声云外落，几家儿女梦初残。

[이 시는 칠언률시이다. 저녁에 영화루에 올라 높은 곳에서 아래를 굽어보면서 감흥을 읊은 시이다. 자연에 대한 독특한 감수와 더불어 인생을 다시금 음미하게 한다.]

작가소개

허겸(1269년－1337년): 자는 익지(益之), 호는 백운산인(白雲山人)이며 절강 동양(東陽) 사람으로서 진(晉)조 허자(許孜)의 후손이다. 어려서 부친을 잃고 모친에게서 《효경(孝經)》, 《론어(論語)》를 구두로 전수 받았다. 만년에는 제자들을 받아들여 학문을 강의하였는데 학식이 연박하여 사람들은 그를 '백운선생'이라고 불렀다. 작품집으로 《백운집(白雲集)》이 있다.

황주로 가는 길에서
黄州道中

장양호(张养浩)

발 씻고 늘 생각하는 장강의 만리 흐름
몇년간 먼지 자욱 생각만 착잡하구나.
한가한 구름 한쪼각으로 비를 이룰 수 없고
누런 락엽 온 성안에 날리니 바로 가을이여라.
해는 지고 무리 잃은 외기러기 하늘 밖을 헤매는데
서풍에 흐늘어진 피리소리 물녘 수루에서 들려오네.
꿈속에서 돌아오니 인간세상을 깨친 것이
한단(邯鄲)에서 전에 놀던 일 말하는 것 같네[1].

---

1) '황량몽(黃粱夢)' 전고를 쓴 것임. 당대의 전기소설 〈침중기(枕中記)〉에 주인공 로생이 한단의 주막에서 도사가 주는 베개를 베고 자면서 부귀영화를 누리며 80세까지 산 꿈을 꾸었는데 깨여보니 아까 자기 전에 주인이 짓던 조밥이 채 익지 않았더라는 이야기임. '황량몽(黃粱夢)', '황량일취몽(黃粱一炊夢)' 또는 '한단몽(邯鄲夢)'이라고도 함.

(원문)

濯(zhuó)足常思万里流，几年尘迹意悠悠。

闲云一片不成雨，黄叶满城都是秋。

落日断鸿天外路，西风长笛水边楼。

梦回已悟人间世，犹向邯郸话旧游。

[시인이 려로에서 보고 느낀 것을 읊은 칠언률시이다. 수련은 시인의 독백으로서 려로에서 심신이 지쳐있음을 썼고 함련은 경물묘사를 통해 외로운 심정을 표달했고 경련은 비흥 수법으로 자신을 외로운 기러기로 비유하면서 슬픈 감정을 토로하였으며 미련에 가서는 시인 자신의 마음속 여러가지 고뇌를 한단몽 고사로 뭉그리고 있다.]

작가소개

장양호(1270년—1330년): 원조의 산곡(散曲) 작가임. 자는 희맹(希孟), 호는 운장(雲莊) 또는 제동야인(齊東野人)이며 본적은 지금의 장구시(章丘市) 상공장(相公莊)이고 제남(濟南) 사람이다. 일찍 감찰어사(監察禦史), 례부상서(禮部尚書)를 지냈으며 재임시 렴결청정하여 인민들의 존경을 받았다. 작품으로 소령(小令) 161수가 있으며 투곡(套曲) 2편이 있다. 문집으로 《귀전류고(歸田類稿)》, 산곡집(散曲集)으로 《운장휴거자적소악부(雲莊休居自適小樂府)》가 있다.

경사로 와서
到京师

양재(杨载)

성곽의 눈이 녹자 들에는 냉이풀이 자라고
각문(角門)¹⁾ 깊은 골목에는 행인들이 뜸하구나.
버드나무 가지에서 꾀꼴새 꾀꼴꾀꼴 노래하니
이것이 봄이 온 첫소리인가 하노라.

(원문)
城雪初消荠菜生，角门深巷少人行。
柳梢听得黄鹂语，此是春来第一声。

[이 시는 칠언절구이다. 원무종(元武宗) 때 시인 양재는 마흔이 넘은 나이에 포의의 신분으로 조정의 부름을 받고 한림국사편수관

---

1) 각문(角門): 여기서는 시인이 경사에 올라와서 거처하고 있던 집의 문을 가리킴.

을 맡게 되여 처음으로 경사에 올라왔다. 그 때가 마침 긴긴 겨울이 끝나고 이른봄이 시작되였기에 철에 맞춰 이 시를 지은 것이다. 이 시에서 시인은 눈이 녹고 냉이풀이 자라고 행인들이 적고 꾀꼴새 울고 하는 이른봄의 특색을 나타내는 이미지를 잘 골라씀으로써 이른봄의 청한함과 생기를 선염(渲染)하였고 그렇게 함으로써 마음속 고민을 떨쳐버리고 봄의 발랄한 기상을 느끼면서 희망을 갖게 된 것을 표현하였다. 이 시는 필치가 청신하고 명쾌한 것이 특징이다.]

작가소개

양재(1271년－1323년): 원조의 시인임. 자는 중홍(仲弘)이고 복건 포성(浦城) 사람이다. 후에 항주로 이사왔고 처음에는 포의의 신분으로 조정의 부름을 받아 한림국사원편수관(翰林國史院編修官)이 되였고 후에 인종(仁宗) 연우(延祐) 2년(1315년)에 진사로 되였다. 관직은 요주로동지(饒州路同知)를 지냈고 부량주사(浮梁州事), 녕국로총관부추관(寧國路總管府推官) 등을 력임하였다. 양재는 시창작에서 우집(虞集), 범팽(范梈), 게혜사(揭傒斯)와 이름을 나란히 하여 '원시사대가(元詩四大家)'의 한 사람으로 꼽힌다. 그의 시는 강하고 힘있어서 우집은 그를 가리켜 '백전건아(百戰健兒)'라고 평하기도 하였다. 저작으로 《양중홍집(楊仲弘集)》이 있다.

저녁 나루터
晚渡

주권(周权)

들녘의 무성한 수림에 가물가물 이내 굼실대고
산에 피는 새빨간 꽃은 불길이 황황 이는 듯하구나.
술 파는 이 돌아가자 봄나루는 고즈넉한데
버드나무에 배줄 맨 나루배 석양 속에 대있네.

(원문)
离离野树绿生烟, 灼灼山花烂欲燃。
酤(gū)酒人归春渡寂, 柳根闲系夕阳船。

[칠언절구인 이 시는 저녁 나루터의 조용한 정경을 묘사한 것이다. 앞의 두구는 봄날의 생기찬 모습을 동적으로 보여주었고 뒤의 두구는 시선을 나루터로 돌려 석양녘의 물가 버드나무에 배줄을 맨

나루배를 보여주면서 정물적인 인상을 심어주면서 예술효과를 높여 주고 있다.]

작가소개

주권(1275년-1343년): 자는 형지(衡之), 호는 차산(此山)이며 처주(處州, 지금의 절강 려수) 사람이다. 사람됨이 대범하고 재능이 뛰여나지만 불우하게 지냈다. 시에 조예가 깊어 당시의 명류들인 조맹부, 우집, 게혜사, 구양현 모두 그의 시재를 인정하였다. 작품집으로 ≪차산집(此山集)≫이 있다.

묵매
墨梅

왕면(王冕)

우리 집 세연지(洗硯池) 주변의 나무들[1]

활짝 핀 꽃송이마다 담묵색 빛갈이라네.

때깔이 곱다는 칭찬 하나도 바라지 않고

맑은 기운 온 천하에 가득 남기려 할 뿐이네.

(원문)

我家洗硯池头树, 朵朵花开淡墨痕。

不要人夸好颜色, 只留清气满乾坤。

---

[1] '우리 집'은 진대(晉代) 서예가 왕희지(王羲之)의 집을 가리키는데 왕면이 왕희지와 같은 성씨, 같은 고향이라 하여 자기 집으로 비유한 것임. '세연지(洗硯池)'는 그림을 그린 후이나 글씨를 쓴 후 붓을 씻는 못을 가리킴. 이 단어의 어원은 일설에는 중국 삼국시기 종요(鐘繇)가 젊었을 때 붓글씨를 련습하면서 늘 집 옆의 못에 가서 붓을 씻군 하였는데 나중에 못의 물이 다 검어졌다고 하며 다른 일설에는 동진의 왕희지가 "못가에서 붓글씨를 배웠는데 못의 물이 다 검어졌다(臨池學書, 池水盡黑)."는 데서 유래한 것이라고 함. 여기서는 이 전고를 빌어 자신이 서화를 좋아한다는 것을 스스로 자랑하고 있는 것임.

[묵매(墨梅)는 수묵으로 그린 매화이다. 또한 매화중에서도 담흑색(연한 검은색) 꽃이 일품이라고 한다. 칠언절구로 된 이 시는 시작부터 직접 묵매를 묘사하였고 마감 두구는 묵매의 도고한 품성과 높은 지조를 찬미하였다.]

작가소개

왕면(1287년-1359년): 원조의 관료이고 문인임. 절강 제기(諸暨) 사람으로 자는 원장(元章) 또는 원숙(元肅)이고 호는 자석산농(煮石山農)인데 매화옥주(梅花屋主), 구리선생(九裏先生), 반우옹(飯牛翁)으로도 불리웠다. 어려서 가세가 빈한하여 농촌에서 소를 방목하며 짬짬이 공부하였고 저녁이면 절에 들어가 등잔불 밑에서 열심히 공부하였지만 과거시험에 합격되지 못해 평생 천하를 유람하며 떠돌이생활을 했다. 원말 대란이 나자 구리산에 은거하여 서화를 팔아 생활하였으며 매화나무 천그루를 심어 스스로 '매화옥주'라고 일컬었다. 그의 작품들은 은일생활을 읊은 것이 많고 일부는 인민의 질고를 반영한 것들도 있다. 시풍이 강건하고 종일(縱逸)하며 자연스럽고 질박한 특점이 있다. 작품집으로 《죽재집(竹齋集)》이 있다.

용금문에서 버들을 보며
涌金门见柳

공성지(贡性之)

용금문 밖에 실버들 금싸래기 드리웠으니
사흘을 안 와 봤더니 어느새 록음을 이루었네.
손수 한가지 꺾어서 성안으로 가져가서
봄이 이미 무르녹았음을 두루 알려야겠네.

(원문)
涌金门外柳垂金, 三日不来成绿阴。
折取一枝入城去, 使人知道已春深。

[이 시는 봄빛을 노래한 칠언절구이다. 첫째 구에서는 용금문 밖 버들을 묘사하면서 지점, 계절을 밝히고 둘째 구에서는 시간의 전환과 더불어 버들에 연록이 물들었음을 통해 발랄한 봄의 기상을 말하

였고 셋째와 넷째 구에서는 버들가지를 꺾어 성안에 갖고 가 봄을 알리련다는 것을 통해 봄을 사랑하는 시인의 감정을 표현하고 있다.]

작가소개

공성지(1290년？－1360년？): 자는 우초(友初) 또는 유초(有初)이며 선성(宣城, 지금의 안휘 선성) 사람이다. 강직하기로 이름 났으며 원조 때에는 벼슬에 나가지 않고 산음(山陰, 지금의 절강 소흥)에 은거하면서 농사지으며 일생을 마쳤다. 시에 조예가 깊고 그림을 잘 그렸는데 그중에도 매화와 대나무 그림이 독특하다. 문하인들이 그를 진회선생(真晦先生)이라고 불렀다. 저서로 《남호집(南湖集)》이 있다.

림평을 지나며
过临平

오경규(吴景奎)

배로 림평(臨平)¹⁾을 지나며 보니
푸른 산은 점이 되어 멀리 사라지네.
대강은 량절(兩浙)²⁾을 삼키고
평야는 삼오(三吳)³⁾로 들어서누나.
거슬러 올라가는 려로에 기러기 울음 들으며

---

1) 림평(臨平): 지금의 항주 여항 림평진(臨平鎭)임. 부근에 림평산이 있음.
2) 량절(兩浙): 절동(浙東), 절서(浙西)를 아울러 말함.
3) 삼오(三吳): 고장 이름. 진(晉)조 때는 오흥(吳興), 오군(吳郡), 회계(會稽)를 가리켰고 당(唐)조 때에는 오흥, 오군, 단양(丹陽)을 가리켰으며 송(宋)조 때에는 소주(蘇州), 상주(常州), 호주(湖州)를 가리켰음. 흔히는 장강 하류 일대를 두루 이르는 말로 쓰이였음.

려행하면서 농어를 회쳐 먹었네[1].
순풍이 만약 돛을 밀어준다면
래일 쯤엔 아마 고소(姑蘇)[2]에 이르게 되리라.

(원문)
舟过临平后，青山一点无。
大江吞两浙，平野入三吴。
逆旅愁闻雁，行庖只鲙鲈。
风帆如借便，明日到姑苏。

[이 시는 오언률시이다. 작자는 배를 타고 절강 여항으로부터 소주로 가는 도중에 이 시를 지었다. 항주 림평의 경치를 묘사하면서 려로의 느낌을 적었다. 수련에서는 림평을 지나면서부터 산지대를 벗어나 평야가 시작됨을 말하고 함련에서는 큰강이 마치 절동, 절서를 삼킬 것처럼 망망하다는 것과 배가 소주 경내에 들어서니 탁 트인 원야가 펼쳐졌음을 묘사하였고 경련에서는 경물묘사로부터 서정토로로 들어가 려로에서 기러기 울음소리를 들으며 농어회를 먹으니

---

1) 여기서는 장한(張翰)이 가을에 고향에 가 농어회를 먹은 전고를 인용한 것임. 남조(南朝) 송(宋)의 류의경(劉義慶)이 쓴 《세설신어·식감(世說新語·識鑒)》에 "장계응(장한)이 제왕(齊王)의 동조(東曹) 속관으로 임명 받아 경도 락양에 머물고 있었는데 가을바람이 일자 고향 오중의 순채나물과 농어회가 못 견디게 먹고 싶었다. 그래서 '인생에서 보귀한 것이 제 마음 대로 사는 것인데 어디 이렇게 수천리 밖에서 벼슬하면서 명성과 작위를 추구하기만 한단 말이냐!'라고 말하고 드디어 거마를 몰아 고향으로 돌아가버렸다(張季鷹辟齊王東曹掾，在洛，見秋風起，因思吳中菰菜羹、鱸魚膾，曰：'人生貴得適意爾，何能羈宦數千里以要名爵？' 遂命駕便歸)."라는 이야기가 있음. 후에 '농어회'라는 말이 고향에 돌아가고 싶다는 전고로 되였음.
2) 고소(姑蘇): 소주 오현(吳縣)의 별칭임. 고소산이 부근에 있어서 붙여진 이름임.

자연 고향 생각이 남을 썼고 미련에 가서는 돛단배가 순풍을 맞으면 래일 쯤 고소에 이를 수 있다는 희망을 썼다. 시어가 질박하고 감정이 진솔하여 예술적 표현력이 훌륭한 시로 평가받고 있다.]

작가소개

오경규(1292년—1355년): 자는 문가(文可)이며 란계(蘭溪) 사람이다. 어려서부터 남달리 똑똑하여 13세 때에 향정(鄕正)이 되기도 하였다. 책을 많이 읽어 박학다식하였고 시를 잘 지었다. 그의 시는 산뜻하고 아름다운 것이 특색으로서 당시(唐詩)의 풍격을 계승하고 있다. 저서로 《약방초창(藥房樵唱)》이 있다.

사호에서 저녁에 돌아오며
沙湖晚归

주덕윤(朱德润)

산과 들에 기러기 낮추 떠서 날아들고
평사의 초가에서는 밥 짓는 연기 모락모락
노 젓는 소리에 가벼운 물결 철썩철썩
온 여울의 여뀌꽃들이 살랑대누나.

(원문)
山野低回落雁斜, 炊烟茅屋起平沙。
橹声归去浪痕浅, 摇动一滩红蓼(liǎo)花。

[이 시는 칠언절구이다. 시적 분위기가 그윽하고 조용하며 평화롭다. 원근을 전환하는 시각과 청각을 바꿔가면서 정적인 것과 동적인 것을 융화시킨 시이다. 군산(群山), 기러기, 밥 짓는 연기, 초가,

노 젓는 소리, 여울, 여뀌꽃 등 이미지들이 강남 수향의 저녁경치를 순후하고 아름답게 그려내고 있다.]

작가소개

주덕윤(1294년—1365년): 원조의 저명한 화가이며 시인임. 자는 택민(澤民), 호는 수양산인(睢陽山人)이며 하남 수양(睢陽, 지금의 하남 상구시 수양구) 사람이다. 저서로 《존복재집(存複齋集)》이 있다.

그네
秋千

양유정(杨维桢)

제운루(齊雲樓)[1] 밖 언뜻언뜻 붉은 그네줄
구름 속에서 내린 이는 어느 선녀일가?
바람결처럼 내려왔다 다시 높이 솟구치며
삼촌금련(三寸金蓮)[2] 고운 발로 하늘을 찌르네.

(원문)
齐云楼外红络索，是谁飞下云中仙?
刚风吹起望不极，一对金莲倒插天。

---

1) 제운루(齊雲樓): 층루 이름. 옛 이름은 월화루(月華樓)임. 당대(唐代)의 조공왕(曹恭王)이 지은 것임. 후에 비운각(飛雲閣)으로 개명하였다가 제운루라고 하였는데 그 옛 터가 지금의 소주(蘇州) 자성(子城)에 있음.
2) 삼촌금련(三寸金蓮): 금으로 만든 련꽃이라는 뜻으로 미인의 예쁜 발을 비유적으로 이르는 말. 중국 남조(南朝) 때 동혼후(東昏侯)가 금으로 만든 련꽃을 땅에 깔아놓고 반비(潘妃)더러 그 우를 걷게 하였다는 고사에서 유래됨. 후에 와서는 녀자의 전족을 좋은 뜻으로 형용하는 말로 되였음.

[이 시는 칠언절구이다. 시의 앞의 두구는 그네 뛰는 모습을 그렸고 셋째 구는 한걸음 더 나아가 아슬아슬하지만 멋스러운 장면을 썼으며 마감 구는 처녀의 날랜 솜씨가 여간이 아님을 두 발끝이 하늘로 뻗는다고 묘사하는 것으로 표현하였다. 오르내리는 두 동작뿐이지만 몇마디 안되는 말로 그네 뛰는 처녀의 아름다운 모습을 잘 표현하였다.]

작가소개

양유정(1296년—1370년): 원말 명초의 시인이며 문학가, 서화가임. 절강 제기(諸暨) 사람이고 자는 렴부(廉夫), 호는 철애(鐵崖), 철적도인(鐵笛道人), 철심도인(鐵心道人), 철관도인(鐵冠道人), 철룡도인(鐵龍道人), 매화도인(梅花道人) 등이 있으며 만년에는 스스로 호를 로철(老鐵), 포유로인(抱遺老人), 동유자(東維子)라고 하였다. 태정(泰定) 4년(1327년)에 진사가 되고 천태현윤(天台縣尹)으로 나갔다가 후에 건덕로총관부추관(建德路總管府推官)을 지냈고 계속 승진하여 강서유학제거(江西儒學提擧)로 되였다. 원말에는 란을 피해 부춘산(富春山)에 은거하다가 전당(항주)에 가서 살았다. 장사성(張士誠)이 절서(浙西)에 있을 때 여러번 불렀으나 가지 않았고 후에 송강(松江)으로 이사갔다. 그후로는 산수를 유람하면서 스스로 즐겼다. 가르침을 청하려고 그를 찾는 동남의 재자들이 그치지 않았다. 저작으로 《동유자문집(東維子文集)》, 《철애문집(鐵崖文集)》, 《철애선생고악부(鐵崖先生古樂府)》가 있다.

장로에서 밤에 배에 앉아
长芦舟中夜坐

윤정고(尹廷高)

고향으로 가는 오천리 길은
외로운 배로 마흔 구간이라네.
나그네 마음 멀리로 내달리는데
고향 꿈은 아직도 흐리마리하여라.
강물은 굽이굽이 굽이쳐 흐르고
삼경의 밤하늘에 북두성 누웠구나.
잠 못 이루고 편히 앉아 있으려니
야외 절간의 종소리 또 들려오네.

(원문)
故国五千里, 孤帆四十程。
客怀偏浩荡, 乡梦不分明。

万折河流曲，三更斗柄横。
不眠方宴坐，野寺又钟声。

[이 시는 오언률시로 된 기행시이다. 송조 말년, 시인은 병란을 당해 오랜 기간을 타향에서 이리저리 떠돌다가 드디여 고향으로 돌아가게 되였다. 이 시는 시인이 려로에서 생각하고 보고 느끼고 들은 것을 쓰면서 자신의 표령한 심경을 그렸는바 처절하고 감동적이다.]

작가소개

윤정고(생졸년대 미상): 자는 중명(仲明)이고 호는 륙봉(六峰)이며 처주(處州) 수창(遂昌, 지금의 절강에 속함) 사람이다. 대덕(大德)년간에 처주로유학교수(處州路儒學教授)를 지냈다. 저작으로 《옥정초창(玉井樵唱)》이 있다.

6월 5일 우연히 짓다
六月五日偶成

예찬(倪瓚)

앉아서 보니 푸른 이끼 옷에 슬슬 오르고
한 못 가득 봄물에는 아지랑이가 아물거리네.
거치른 마을이라 진종일 거마 하나 없고
이따금 남아 떠도는 구름이 학과 함께 돌아가네.

(원문)
坐看青苔欲上衣，一池春水霭余辉。
荒村尽日无车马，时有残云伴鹤归。

[이 시는 칠언절구이다. 전반 시는 조용하고 그윽한 분위기를 조성하였다. '시 속에 그림이 있다'는 것이 바로 이런 시를 두고 하는 말이다. 예찬은 원조 말기 저명한 화가이기에 그의 시는 화면 감

각이 아주 뛰여나며 시구 역시 강렬한 정감과 운치를 갖고 있다.]

작가소개

예찬(1301년—1374년): 원조의 화가이며 시인임. 초명은 정(珽)이고 자는 태우(泰宇)인데 후에 원진(元鎭)으로 고쳤고 호는 운림자(雲林子), 형만민(荊蠻民), 환하자(幻霞子) 등이며 강소 무석(無錫) 사람이다. 부유한 가정 출신이고 박학다식하였으며 사방의 명사들과 교제가 넓었다. 원순제(元順帝) 지정(至正) 초기에 재산을 다 흐트려버리고 태호 일대를 방랑하기 시작하였다. 산수와 묵죽을 잘 그렸고 동원(董源)을 본받았고 조맹부(趙孟頫)의 영향을 받았다. 그림에 있어서는 황공망(黃公望), 왕몽(王蒙), 오진(吳鎭)과 함께 '원사가(元四家)'로 평가된다. 작품으로 《청비각집(淸閟閣集)》이 있다.

금릉에서 저녁에 구경하며
金陵晚眺

부약금(傅若金)

금릉(金陵)[1]은 예로부터 경치가 뛰여나서
저녁에 구경하며 먼 생각을 더듬노라.
뉘엿뉘엿 지는 해 외로운 탑 남겨두고
푸른 산 사이사이 륙조(六朝)[2] 궁궐이 보이누나.
꽃이 깔린 골목길에 제비는 길을 잃고
버들 그늘 다리목에 까마귀 흩어지누나.
성 아래로 흘러 흐르는 진회(秦淮)[3] 강물은
해해년년 스스로 불었다 줄었다 하네.

---

1) 금릉(金陵) : 고장 이름. 지금의 남경시의 별칭임.
2) 륙조(六朝) : 동한(東漢)이 멸망한 뒤 수나라가 통일할 때까지 장강 남쪽에 있었던 여섯 왕조. 즉 오(吳), 동진(東晉), 송(宋), 제(齊), 량(梁), 진(陳)을 가리킴.
3) 진회(秦淮) : 남경시를 경유하는 진회하(秦淮河)임. 남경의 명승지의 하나임.

(원문)

金陵古形胜，晚望思迢遥。

白日余孤塔，青山见六朝。

燕迷花底巷，鸦散柳阴桥。

城下秦淮水，年年自落潮。

[이 회고시는 경물묘사와 감정 토로가 잘 융합되어 있는 오언률시이다. 수련에서는 석양 아래 금릉 산색의 경치를 두고 시인의 사색이 나래쳐감을 썼고 함련에서는 외로운 탑을 내놓아 륙조의 력사를 더듬으며 세월의 무상함을 말하고 있으며 경련에 가서는 먼 생각에서 의연한 현실로 돌아와 고금을 련결시켰으며 마감인 미련에서는 경물은 그대로이나 인간세상은 변하여 지난날 번화로움은 더는 다시 없고 진회강 강물만 의연히 흐르고 있음을 개탄하고 있다.]

작가소개

부약금(1303년—1342년): 원조의 문학가이며 관료임. 자는 여력(與砺 또는 汝砺)이고 원조 신유관당(新喩官塘, 지금의 강서 신여시) 사람이다. 빈한한 가정에서 자라나 처음에는 침선을 배웠고 후에 시서를 공부하였는데 모시(毛詩)를 정통하였으며 시적인 재능이 남달랐다. 지순(至順) 3년(1332년)에 포의 신분으로 경사에 와서 문학 재능을 인정받았고 원통(元統) 3년(1335년)에는 조정의 사신을 따라 안남에 가서 사명을 잘 완수하여 그 공으로 광주로유학교수(廣州路儒學教授)가 되었다. 부약금은 지정(至正) 2년(1342년)에 40

세를 일기로 사망하였다. 그의 시는 범팽(范梈)을 계승했다는 평이 있다. 저작으로 ≪우탁음(牛鐸音)≫, ≪초고(初稿)≫, ≪남정고(南征稿)≫ 등이 있다.

가을밤에 피리소리 들으며
秋夜闻笛

살도랄(萨都剌)

누가 갈바람에 피리를 불고 있는가
북고산(北固山) 앞 달빛은 차겁기만 하여라.
강남에서 아직도 돌아가지 못한 북방나그네
한밤을 서성이다가 란간에 기대여있네.

(원문)
何人吹笛秋风外，北固山前月色寒。
亦有江南未归客，徘徊终夜倚阑干。

[이 시는 칠언절구이다. 앞 두구는 시간과 장소를 말하면서 쌀쌀한 분위기를 만들었고 뒤의 두구는 '서성이다가 란간에 기대여있'는 묘사를 통해 깊은 향수를 표달하고 있다. 시어가 질박하고 간단

하지만 진솔하여 사람의 마음을 사로잡는다.]

작가소개

　　살도랄(1272년－1355년): 자는 천석(天錫), 호는 직재(直齋)이다. 부친이 군공을 세웠기에 안문(雁門, 지금의 산서 대현)에 살게 되였고 안문(雁門) 사람으로 일컫는다. 태정(泰定)년간에 진사가 되여 한림응봉(翰林應奉)을 제수받고 후에 남어사대연(南禦史台掾), 회서헌사경력(淮西憲司經曆) 등 벼슬을 지내다가 관직을 버리고 안경의 사공산에 은거하였다. 자연경치를 읊은 많은 시들을 썼는데 청신하고 기려한 것이 그 시의 특색이다. 작품집으로 ≪안문집(雁門集)≫이 있다.

운문산 길에서
云门道中

김연(金渷)

삼월이라 산 남쪽 길은

마을마다 두견이 울어예네.

흰구름 산봉우리에 걸린 새벽

달은 기울고 시내물엔 안개 피네.

장송 아래 옛 우물 정갈롭고 차거운데

냉이밭에는 봄날의 향기 풍겨가누나.

어느 때면 별업(別業)[1)]을 이쪽으로 옮길가?

수호(繡湖)[2)]가에 지어놓고 다녀야겠네.

---

1) 별업(別業): 살림을 하는 집외에 경치 좋은 곳에 따로 지어놓고 때때로 묵으면서 쉬는 집을 가리킴.
2) 수호(繡湖): 수천(繡川)이라고도 함. 절강 의오(義烏)에 있음. 주위가 산으로 둘러싸여 있고 구름안개가 서려있으며 산천경개가 너무 아름다워 수호라고 하였음.

(원문)

三月山南路，村村叫杜鹃。

白云千嶂晓，斜月一溪烟。

水冷长松井，春香小荠田。

何时移别业？来往绣湖边。

[운문산은 산음현(山陰縣) 남쪽 약야계(若耶溪)에 있는 산 이름이다. 약야계는 길이가 수십리가 되고 시내물 따라 사찰이 여섯이 있는데 운문사가 첫째로 간다. 운문산 가는 길은 산음에서 풍경이 가장 아름다운 곳이다. 이 시는 기행시에 속하는 오언률시로서 운문산 봄날의 경치를 묘사하였다. 수련에서는 시간과 지점을 밝히고 봄의 분위기를 만들었으며 함련에서는 대우법으로 산수의 아름다움을 묘사했으며 경련에서는 우물과 밭을 묘사하면서 봄날의 운문산 주변 풍경을 그렸으며 미련에서는 이 곳에 별업을 지어놓고 다녀야겠다는 아름다운 소원으로 끝맺는다. 듣고 본 것을 전방위적으로 묘사하였는바 천지, 원근을 한데 이어서 료원하고 창망한 그림을 그려냈고 그윽하고 아름다운 의경을 창조하였다.]

작가소개

　　김연(1306년—1382년): 자는 덕원(德原), 의오(義烏) 사람이다. 허겸(許謙), 황진(黃溍)에게서 공부하였으며 우집(虞集), 류관(柳貫)과 알게 되어 조정에 추천되었지만 사절하고 벼슬길에 나가지 않았다. 명조 초기에도 수차례 관직에 나오라고 불렀으나 나가지 않고 향리에서 글을 가르치다가 생을 마감하였다.

남성에서 옛일을 읊다
南城咏古

내현(迺賢)

연성(燕城)¹⁾ 아래로 해는 뉘엿뉘엿 지고
높다란 대²⁾에는 초목이 가을을 맞고 있네.
천금이 어이 귀하지 않을소냐마는
인재 한명 구하기는 그보다 더 어려워라³⁾.
저 푸른 바다는 누가 영웅임을 알아보며⁴⁾
저 텅 빈 산은 모두가 부질없음을 말하누나.

---

1) 연성(燕城): 전국시기 연(燕)나라 도읍지.
2) 높다란 대는 전국시기 연소왕(燕昭王)이 쌓은 황금대를 가리킴. 초현대(招賢台)라고도 함. 그 터가 지금의 하북성 정흥현(定興縣) 고리향(高里鄕) 북장촌(北章村)에 있음.
3) 전국시기 연소왕이 황금대를 쌓고 현사들을 초모하였다는 고사를 인용한 것임.
4) 원문은 '靑眼'으로 되여있는데 '청안시하다'임. 《세설신어·간오(世說新語·簡傲)》에 완적(阮籍)이 청안, 백안으로 사람을 대하였는데 범속한 사람을 백안시하고 고아한 사람을 청안시하였다는 이야기가 있음.

아직도 역수(易水)¹⁾ 강물을 어여삐 여길손가
예나 지금이나 그저 동으로만 흐르누나.

(원문)
落日燕城下，高台草树秋。
千金何足惜，一士固难求。
沧海谁青眼？空山尽白头。
还怜易河水，今古只东流。

[이 시는 오언절구로 된 회고시이다. 시인은 몇몇 문우들과 함께 옛날의 연성을 둘러보고 그 감흥을 시로 16수를 썼는데 여기 소개하는 이 시는 그중 첫번째 시이다. 이 시는 황금대를 읊으면서 고금의 현사들이 불우하여 영웅의 장한 뜻을 펼치지 못하였음을 개탄한 것인데 시공을 넘어 고금을 이어놓으며 썼기에 사람들의 감개를 자아내게 한다.]

작가소개

내현(1309년— ？): 자는 역지(易之), 호는 하삭외사(河朔外史)이며 합로부(合魯部) 사람이다. 합로부 사람들이 동으로 이주해 와서 각지에 흩어지게 되였는데 내현의 가족은 먼저 하남 남양에 살았고 후에 형인 탑해중량(塔海仲良)이 강절지역에서 관직을 지내면서 내현도 사명(四明, 절강 녕파 소속)에 와서 살게 되였다. 내현은

---

1) 역수(易水): 하북성 서부의 강줄기중 하나. 역현(易縣) 경내에서 발원하여 대청강에 합류함.

명리에 대해서는 담담하였기에 사명산 산수지간에 은퇴하여 명사, 시인들과 시를 수창하며 지냈다. 시풍이 맑고 아름답고 미끈하여 당시 절강 사람들은 그의 시를 한여옥(韓與玉)의 글씨, 왕자충(王子充)의 고문과 더불어 '강남삼절(江南三絕)'로 높이 쳐주었다. 저작에 《금대집(金台集)》, 《해운청소집(海雲淸嘯集)》이 있다.

심생이 강주로 돌아감에 드리노라
赠沈生还江州

장욱(张昱)

고향 생각에 높은 루 올라서기 두려웠거늘
하물며 이 루에서 전별시까지 짓는구나.
객지살이하며 산수 유람에 느낌도 많지만
세상에 송별은 가을에 하는 것이 아니여라.
바람 앞 락엽들은 수레 따라 가득 날리고
지는 해 뜬 구름은 물과 함께 흘러가누나.
그대 비파정(琵琶亭)[1] 곁으로 가는 줄 알거니와
백두사마(白頭司馬)[2]가 강주를 추억하리라.

---

1) 비파정(琵琶亭): 정자 이름임. 강서 구강시 서쪽, 장강 동남쪽 기슭에 있음. 일찍 당조의 시인 백거이가 강주사마(江州司馬)를 맡고 있을 때 〈비파행(琵琶行)〉 시를 지었는데 후세사람들이 이에 근거하여 비파정을 세웠음. 강주는 지금의 강서 구강시(九江市)임.
2) 백두사마(白頭司馬): 당조의 대시인 백거이(白居易)를 가리킴.

(원문)

乡心正尔怯高楼，况复楼中赋远游。

客里登临俱是感，人间送别不宜秋。

风前落叶随车满，日下浮云共水流。

知汝琵琶亭畔去，白头司马忆江州。

[이 시는 칠언률시로 된 전별시이다. 장욱은 강서 사람이고 심생 역시 고향이 강서인데 이제 강주로 돌아가려고 하니 장욱이 그에게 이 전별시를 써준 것이다. 친구를 송별하는 것을 빌어 고향을 그리워하는 애틋한 마음을 표현한 시이다.]

작가소개

장욱(생졸년대 미상): 자가 광필(光弼), 호는 일소거사(一笑居士), 가한로인(可閑老人)이며 려릉(廬陵) 사람이다. 강절행성(江浙行省) 좌, 우사원외랑(左、右司員外郞), 추밀원판관(樞密院判官)을 력임하였고 만년에는 서호의 수안방(壽安坊)에서 살았는데 집이 허술해도 돈이 없어 수리도 못하고 지내는 것을 명태조가 경사로 불러들여 후한 상을 줘서 돌려보냈다. 83세를 일기로 사망하였는데 저작으로 《려릉집(廬陵集)》이 있다.

수홍교에 머물며 구점하다
泊垂虹桥口占

고영(顾瑛)

삼강(三江)[1]의 물은 태호(太湖)[2] 동쪽으로 흐르고
세찬 물결에 가벼운 배 빠르기가 바람 같네.
흰 물새 떼 지어 이내 낀 숲 우를 날고
푸른 산은 모두가 눈꽃 속에 있구나.

(원문)
三江之水太湖东, 激浪轻舟疾若风。
白鸟群飞烟树末, 青山都在雪花中。

---

1) 삼강(三江): 여기서는 태호를 에돌아 흐르는 세 강을 가리킴.
2) 태호(太湖): 강소성(江蘇省) 남쪽과 절강성(浙江省) 사이에 있는 호수. 반월형 모양으로 70여개의 섬이 있으며 중국에서 세번째로 큰 담수호임. 자고로 명승지로서 유명하며 경치가 매우 아름다워 관광객이 많음.

[이 시는 칠언절구로 된 경물시이다. 수홍교는 강소 오강현(吳江縣) 동쪽에 있는데 본디 이름이 '리왕교(利往桥)'였으나 다리 우의 정자 이름이 '수홍정'이므로 '수홍교'로 불린 것이다. '구점'은 초고 없이 즉석에서 시를 지어 읊는 것을 말한다. 이 시는 경물묘사가 생동하고 언어가 류창하며 상상력이 풍부하다. 전반 시가 화면이 부드럽고 조화로우며 시의(詩意)가 다분하며 일종 망망한 감, 요원한 감, 아름다운 감을 안겨주고 있다.]

작가소개

고영(1310년—1369년): 일명 덕휘(德輝) 또는 아영(阿瑛)이고 자는 중영(仲瑛), 호는 금속도인(金粟道人)이며 곤산(昆山) 사람이다. 가정이 부유하였고 재물을 경히 여기고 문객들과 교우하였으며 옥산초당을 짓고 문인들을 불러들었다. 원말 세상이 어지러워지자 재산을 다 흐트러버리고 삭발하여 재가승이 되어 금속도인이라고 자칭하였다. 저서로 《옥산박고(玉山璞稿)》가 있다.

시드는 련꽃에 제하여
題败荷

왕한(王翰)

일찍 서호에서 술 가득 싣고 돌아올제
향기로운 바람이 십리 맑은 공간에 풍기였었네.
그 아름다움이 지금은 다 시들어버리고
가을 보내는 소리만 나그네 옷자락에 매달려있네.

(원문)
曾向西湖载酒归, 香风十里弄晴晖。
芳菲今日凋零尽, 却送秋声到客衣。

[이 시는 칠언절구이다. 첫 두구는 련꽃이 활짝 핀 지난날 술을 배에 싣고 십리 련꽃 사이를 노닐던 것을 회억하였고 마감 두구는 아름답던 시절은 다 가고 쌀쌀한 바람이 옷에 스며드는 가을에 이미 시

들어진 련꽃을 개탄하고 있다. 련꽃이 핀 화창한 시절과 쓸쓸한 가을을 대조시키면서 자연의 섭리와 함께 인생의 무상함을 느끼게 하는 시이다.]

작가소개

　　왕한(1333년—1378년): 자는 용문(用文)이다. 원말에 영복(永福) 관렵산(觀獵山)에 은거하여 살면서 호를 우석산인(友石山人)이라고 하였다. 저작으로 ≪우석산인유고(友石山人遺稿)≫가 있다.

작은 다리
小桥

팽병(彭炳)

꽃잎이 눈송이처럼 떨어지니 말발굽에서 향기나고
가지에서 우는 꾀꼴새는 애간장을 끊어주고 있네.
다리목에 다달아 보니 봄 그림자 푸르게 비껴있고
한줄기 맑은 물에 실버들의 가지 끝이 잠기여있네.

(원문)
落花如雪马蹄香, 几树黄鹂欲断肠。
行到小桥春影碧, 一沟晴水浸垂杨。

[이 시는 경치를 읊은 칠언절구이다. 봄날에 시인이 시내물에 놓인 작은 다리에 이르러 보고 느낀 감흥을 노래하였다. 앞의 두구는 '눈', '말발굽', '꾀꼴새' 등 시어를 동원하여 무르녹는 봄날의 정

경을 동적인 상태에서 소리가 나게 펼쳐보였고 뒤의 두구는 조용히 정적인 상태에서의 그윽한 정취를 떠올리고 있다. 원조의 시인들은 대개 원곡의 영향을 받아서인지 시를 씀에 있어서 노래처럼 우아하게 쓰면서 시적 형상들을 마치 산수화와 인물풍경화를 보는 듯이 그려내고 있다.]

작가소개

팽병(생졸년대 미상): 자는 원량(元亮)이며 복건 숭안(崇安) 사람이다. 경학을 공부하였고 도연명(陶淵明), 류종원(柳宗元)의 시를 배웠으며 국내의 호걸들과 교제하기를 즐겼다. 작품집으로 ≪원량집(元亮集)≫이 있다.

명시선

엄릉의 낚시터
严陵钓台

장이녕(张以宁)

오랜 친구는 이미 적룡(赤龍) 타고 갔는데[1]
그대 홀로 갖옷 입고 밝은 달밤에 낚시하고 있네.
로(魯)나라 그분 높은 이름 우주에 걸려있고[2]
한가(漢家)네는 구실아치가 공경(公卿)을 대하고 있구나[3].
세월이 흘러 어탑(禦榻)[4]에 별들이 움직이고
사람은 가고 빈 낚시터에 산수만 맑아라.
어쩌면 나도 수천척 긴 낚시대 가지고
맞춤하게 동해의 조수가 이는 걸 보았으면 하네.

---

1) '오랜 친구'는 후날 광무제가 된 류수를 가리키고 적룡은 한왕조 황제를 상징함.
2) 공자(孔子)가 벼슬길에 나가지 않았어도 도와 덕으로 그 이름이 천추에 빛나고 있음을 말한 것임.
3) '한가(漢家)'는 한조(漢朝), 한실(漢室)을 가리킴. 이 구절은 광무제가 공경을 깔보고 구실아치를 시켜 대하게 하였다는 뜻임.
4) 어탑(禦榻): 황제가 앉기도 하고 눕기도 하는 평상을 가리킴.

(원문)

故人已乘赤龙去, 君独羊裘钓月明。

鲁国高名悬宇宙, 汉家小吏待公卿。

天回御榻星辰动, 人去空台山水清。

我欲长竿数千尺, 坐来东海看潮生。

[엄릉은 즉 엄광(嚴光)을 가리킨다. 엄광의 자가 자릉(子陵)이여서 엄릉으로도 불리운다. 젊어서 후에 광무제로 된 류수와 함께 다니며 공부하였다. 류수가 황제가 된 후 엄광은 성과 이름을 바꾸고 숨어 살았는데 류수가 사람을 시켜 그를 불러들여 간의대부(諫議大夫)를 재수하였으나 받지 않고 부춘산(富春山)에 들어가 은둔생활을 하였다. 후세사람들은 그가 살았던 산을 '엄릉산(嚴陵山)', 그가 물 길어 마시던 여울을 '엄릉뢰(嚴陵瀨)', 그가 낚시하던 곳을 '엄릉조대(嚴陵釣台)'라고 불렀다. 이 칠언률시는 시인이 부춘산을 유람하다가 엄자릉의 낚시터를 보고 감흥이 일어 쓴 시이다. 당시 그는 조정의 명관이였지만 그가 찬미하고 인정한 것은 바로 한사코 은둔을 고집한 엄광이라는 처사였다. 여기에 시인의 깊은 뜻이 숨어있다.]

작가소개

장이녕(1301년—1370년): 원말 명초의 문학가임. 자는 지도(志道), 호는 취병산인(翠屛山人)이며 복건 복주부(福州府) 고전(古田, 지금의 복건 녕덕에 속함) 사람이다. 원 태정(泰定) 4년(1327년)에 진사가 되고 황암판관(黃岩判官)을 지내다가 륙합윤(六合尹)

으로 승진했고 후에 벼슬이 한림시독학사(翰林侍讀學士)에까지 올랐다. 재능이 있고 박학다식하여 사람들은 그를 일러 소장학사(小張學士)라고 하였다. 명(明) 홍무(洪武) 원년(1368년)에 주원장의 부름으로 남경에 가서 한림시독학사를 제수받고 황제의 중시를 받았다. 홍무 2년 여름 70세 고령의 몸으로 황제의 명을 받고 안남으로 사절로 가서 이듬해 5월 돌아오는 길에 교주(交州)에서 사망하였다. 현존 작품에 《춘추춘왕정월고(春秋春王正月考)》 2권, 《취병집(翠屛集)》 4권이 있다.

섬땅으로 돌아가는
허시용을 바래주며
送许时用还剡

송렴(宋濂)

도성 성문 밖¹⁾에서 잔을 들어 그대를 전송하노니
그대 일엽편주로 수로역참을 나는 듯 지나가리라.
늙어가니 청운의 뜻도 이젠 다 없어졌는데
백발이 성성해 고향에 간 이 몇이나 되는가?
비바람 겪으면서 어죽²⁾을 끓여 먹고
운무 속에서 학창의(鶴氅衣)³⁾ 걸치고 있겠지.
그대가 돌아가기에 나도 고아한 흥취가 생겨
삽짝문 열고 초가에 들어가는 꿈을 꿀 것 같네.

---

1) 여기서 도성은 남경을 가리키는데 성문 밖이 곧 남경성 밖이다.
2) 어죽: 생선죽. 생선의 살을 주재료로 하여 쑨 죽임.
3) 학창의(鶴氅衣): 소매가 넓고 뒤 솔기가 갈라진 흰옷의 가를 검은 천으로 넓게 댄 웃옷. 옛날 은자들이 잘 입었음.

(원문)

尊酒都门外，孤帆水驿飞。

青云诸老尽，白发几人归？

风雨鱼羹饭，烟霞鹤氅(chǎng)衣。

因君动高兴，予亦梦柴扉。

[허시용(許時用)은 절강 소흥 사람 허여림(許汝霖)을 가리키는데 그의 자가 바로 시용이다. 섬(剡)땅은 지금의 절강 승현(嵊縣)이다. 이 시는 오언률시로 된 전별시이다. 수련에서는 작별의 아쉬움을 썼고 함련에서는 로년의 벗들이 대부분 세상을 떠나고 환고향한 사람이 몇이 안된다는 것을 상기시키며 감개에 겨워하는 것을 썼으며 경련에서는 '어죽'과 '학창의'를 등장시켜 고향에 돌아가면 비록 생활조건이 어렵지만 구속없이 자유스럽게 살 수 있다는 부러움을 썼으며 마감 미련에서는 자기도 은퇴하여 그런 생활을 하였으면 하는 바람을 표현하였다. 왕부지(王夫之)는 《명시평선(明詩評選)》에서 이 시를 평가하면서 "왕, 맹 지간(王、孟之間)"이라고 하였는데 바로 송렴의 이 시의 풍격이 당조 산수전원시인인 왕유와 맹호연 사이라는 것이다.]

작가소개

송렴(1310년—1381년): 원말 명초의 문학가임. 자는 경렴(景濂), 호는 잠계(潛溪), 별호는 현진자(玄真子), 현진도사(玄真道士), 현진둔수(玄真遁叟)이고 포강(浦江, 지금의 절강 포강현) 사람이다.

원 지정(至正)년간에 한림원 편수로 천거되였으나 사양하고 관직에 나가지 않고 은둔하였다. 명초에 태조 주원장(朱元璋)의 신임을 받았고 항상 그를 수행하며 고문 역할을 하였으며 의식과 제도를 제정하는 데 많은 기여를 하여 개국문신중 으뜸으로 인정받았다. 말년에 관직에서 물러나 있다가 맏손자 송신(宋慎)이 호유용(胡惟庸) 사건에 련루되여 온 가족 모두 무주(茂州)로 귀양가게 되였는데 그 때 귀양길에서 병으로 사망하였다. 저서가 많으며 고아하고 정결한 산문으로 당대에 이름을 날렸다. 저서로 ≪송학사문집(宋學士文集)≫이 있다.

장문원
长门怨

류기(刘基)

맑은 이슬 백옥 섬돌 우에 내려앉고
바람결 맑은데 달빛은 흰 비단결 같네.
앉아서 보니 련못 우의 반디불이들이
소양전(昭陽殿)[1]으로 날아들고 있네.

(원문)
白露下玉除, 风清月如练.
坐看池上萤, 飞入昭阳殿.

[〈장문원(長門怨)〉은 본디 ≪상화가사(相和歌辭)≫의 〈초조곡(楚調曲)〉에 속하는 한악부의 편명이다. 오언절구로 된 이 시는 한무

---

1) 소양전(昭陽殿): 한조 궁전 이름. 성제(成帝)의 총애를 받던 조비연(趙飛燕) 황후가 살던 곳임.

제 류철(劉徹)의 첫번째 황후인 진황후(陳皇后)가 황제의 총애를 잃은 뒤 장문 랭궁에서 무료하게 밤을 보내는 것을 쓴 것으로 궁중 녀인의 애원을 썼다. 이 시는 맑고 그윽한 분위기에 아무런 소리도 묘사함이 없이 진황후의 우울함과 슬픔을 보여주며 다시 총애를 얻어보려는 반디불이 같은 희망도 내비치고 있다.]

작가소개

류기(1311년—1375년): 명조 개국공신이며 시인임. 자는 백온(伯溫)이고 절강 청전(靑田) 사람으로 류호(劉濠)의 증손이다. 원순제 원통(元統) 원년에 진사가 되였고 고안현승(高安縣丞), 강절유학부제거(江浙儒學副提擧) 등 관직을 맡았다. 방국진(方國珍)이 처음 거사할 때 강절행정도사(江浙行省都事)인 류기는 적극 나서서 봉기를 진압할 것을 주장하였으나 채납되지 않았으므로 벼슬을 버리고 은거하였다가 지방무장을 조직하여 방국진의 군사와 대항하여 싸웠다. 지정(至正) 20년에 주원장의 부름을 받고 웅천(應天)에 와서 주원장에게 '시무18책(時務十八策)'을 력설하였다. 그는 주원장에게 한림아(韓林兒)를 받들지 말 것을 권고하였고 군사작전의 순서를 정하여 먼저 진우량(陳友諒)을 소멸한 다음 장사성(張士誠)을 제거하고 연후에 중원을 차지할 방략을 내놓았다. 주원장에게서 태사령을 제수받고 어사중승까지 진급하였으며 명조가 건립된 후 성의백(誠意伯)에 봉해졌다. 후에 호유용의 참소로 화를 입고 울분 속에서 생을 마감했다. 그는 명조 초기의 대표적인 시인으로 소박하면서도 힘있는 시를 잘 썼다. 문집으로 《성의백문집(誠意伯文集)》이 있다.

감흥
感兴

류기(刘基)

천호(天弧)로도 천랑성을 쏠 수 없었거니
전사한 해골들이 길가에 마구 널렸구나.
오랜 보루들에는 여우들이 달밤에 울어대고
높은 언덕에는 아침해살에 모여드는 봉황도 없구나.
무늬 곱고 새김 좋은 창과 극도 헛된 치레일 뿐인데
버려진 우물 무너진 담장에 눈서리 내리누나.
한(漢)조 조정에서 리목(李牧)[1]을 그리워한다고 말 말라
랑중서장(郎中署長) 풍당(馮唐)[2]의 추천을 못 들었는데야.

---

1) 리목(李牧): 전국시기 조(趙)나라의 장군임. 흉노와 진나라에 맞서 싸워 크게 이겼으며 그 공로로 무안군(武安君)에 봉해졌으나 후에 진(秦)나라의 리간계로 위나라에서 망명하게 되였음.
2) 풍당(馮唐): 서한(西漢) 때의 대신임. 직언을 서슴지 않았는데 문제 때 운중수(雲中守) 위상(魏尙)이 억울하게 사직되였을 때 이를 지적하여 그를 사면케 하였음.

(원문)

天弧不解射封狼, 战骨从横满路旁。
古戍有狐鸣夜月, 高冈无凤集朝阳。
珝戈画戟空文物, 废井颓垣自雪霜。
漫说汉廷思李牧, 未闻郎署遣冯唐。

[이 〈감흥(感興)〉시는 원래 일곱수로 된 조시중 하나인데 《복부집(覆瓿集)》에 수록된 작품으로서 그중 제6수를 번역한 것이다. 이 시는 류기가 주원장을 보좌하기 이전에 지은 시로서 일종 감회시에 속한다. 류기의 같은 시기의 작품과 비교하면 이 조시에는 원조 통치를 수호하려는 생각이 이미 없고 대신 원조 통치에 대한 실망과 새로운 신흥군주에 대한 기망을 표현하고 있다. 앞의 세련은 전쟁의 참상을 쓰고 미련에 밝은 군주를 기대하는 바람을 토로하였다.]

객지에서 제석을 보내며
客中除夕

원개(袁凱)

오늘 밤은 어떤 밤이던가
타향에서 고향을 말하고 있네.
남들의 아들딸 무럭무럭 자라는데
이내 나그네 생활은 해수가 자꾸 늘어만 가누나.
전란이 해해년년 멈출 새 없으니
관산(關山)[1]은 그저 아득히 멀기만 하네.
백엽주(柏葉酒)[2] 한잔 술에 마음 달래보지만
고향 생각에 흐르는 눈물 걷잡을 수 없어라.

---

1) 관산(關山): 변방지역이거나 주요 지점 주변에 있는 산.
2) 백엽주(柏葉酒): 잣나무잎을 담가 우려낸 술. 고대 풍속에 이 술을 설날에 마시면 장수, 액땜의 효용이 있다고 함.

(원문)

今夕为何夕？他乡说故乡。

看人儿女大，为客岁年长。

戎马无休歇，关山正渺茫。

一杯柏叶酒，未敌泪千行。

[이 시는 객지에서 나그네가 섣달 그믐날 밤을 보내는 것을 쓴 오언률시이다. 전쟁으로 인한 어지러운 세월에 객지에서 나도는 사람이 그믐날이 되니 고향 생각이 가슴에 사무치여 그 심정을 시로 표현한 것이다.]

작가소개

원개(1310년－？): 명조 초기의 시인임. 자는 경문(景文)이고 스스로 호를 해수(海叟)라고 하였으며 송강(松江) 화정(華亭, 지금의 상해 송강) 사람이다. 박학다식하고 언변이 좋았으며 시를 잘 지었다. 일찍 〈백연시(白燕詩)〉로 이름이 났기에 사람들은 그를 '원백연(袁白燕)'으로 부르기도 하였다. 원말에는 부리(府吏)를 지낸 적도 있었다. 명조의 홍무(洪武) 3년(1370년), 거인(擧人) 신분으로 감찰어사(監察禦史)가 되였고 재임 기간에 주원장에게 건의하여 유학자들을 불러들여 장병들에게 경사를 강론하여 군신지례로 그들을 교화시키라고 하였는데 주원장이 이를 채납하였다. 후에 주원장이 그를 "로련하고 교활하여 량단을 다 쥐고 있다(老猾持兩端)."라고 평가하자 재화가 닥칠가 두려워 정신병으로 가장하고 벼슬을 내려놓고 고향으로 돌아갔다. 홍무 13년(1380년)에 고향에서 〈국화를 마주하고 크게 취하여(對菊大醉)〉라는 시를 지어 벼슬을 그만둔 이후의 후련한 심정을 토로하였다. 원개의 시작품에는 현실을 언급한 것이 적으며 대부분 시작품들이 자신의 정회를 토로한 것들이다. 작품집으로 《해수집(海叟集)》, 《재야집(在野集)》 등이 있다.

고우를 지나며 느끼는 바가 있어
过高邮有感

왕광양(汪广洋)

고향 떠나 어느덧 열여섯해 되였는데
옛 마을 찾아가니 아직도 몇명 남아있구나.
만사가 놀랍고 꿈자리조차 어수선한데
눈에 띄는 순간순간 마음만 애달프구나.
무너진 집 지나 옛터를 찾아가서
봄바람에 눈물 뿌리며 고인들을 추모하였네.
벽호수(甓湖水) 슬픈 물결에 물안개 굼실굼실
들꽃, 들풀은 누굴 위해 새로 자라는가.

(원문)
去乡已隔十六载, 访旧唯存四五人。
万事惊心浑是梦, 一时触目总伤神。

行过毁宅寻遗址，泣向东风吊故亲。
惆怅甓湖烟水上，野花汀草为谁新？

[이 시는 칠언률시이다. 고우는 왕광양의 고향으로서 강소성에 있다. 이 시는 시적 분위기가 매우 침울하고 시적 감정이 무거운 시이다. 홍무 3년(1370년)에 왕광양은 삭직되어 고향으로 돌아갔다. 수련에서는 16년 만에 고향에 가니 아는 사람 몇이 없었다는 현실을 썼고 함련에서는 이 모든 것이 꿈만 같다는 것을 토로하였고 경련에서는 고향의 피폐한 모습을 구체적으로 보여주며 고인을 추모한 것을 썼고 미련에 가서는 안개 자욱한 벽호를 바라보며 사물은 그 사물인데 사람은 그 사람이 아닌 과거와 현실의 대비 속에서 비애를 느끼고 있다. 이 시는 원말 명초의 전란이 사회에 끼친 영향을 보여준 작품이다.]

작가소개

왕광양(?―1380년): 자는 조종(朝宗), 양주부(揚州府) 고우(高郵, 지금은 절강성 경내임) 사람이다. 젊었을 때 여궐(余闕)을 스승으로 모시고 공부하였으며 경학을 정통하고 서예에 능하였으며 특히 시가를 잘 지어 일찍 명태조에게 시를 강의한 적도 있었다. 홍무(洪武) 4년(1371년)에 우승상이 되였다. 성격이 틀수하고 언행을 자수하는 위인이였으나 호유용의 사건에 련루되여 해남으로 귀양갔다가 사사(賜死)되였다. 작품집으로 ≪봉지음고(鳳池吟稿)≫가 있다.

중구
重九

로연(魯淵)

흰기러기 남으로 날고 무서리 내리려는데
쓸쓸한 비바람 속에 또다시 중양이 왔네.
건덕(建德)[1]이 이미 우리 땅이 아닌 줄 알지만
그래도 병주(幷州)[2]가 고향임을 기억하고 있다네.
흐트러진 귀밑머리 지금은 하얗게 변하였는데
국화꽃은 작년처럼 노랗게 피였네그려.
등고(登高)[3]를 해도 룡산(龍山)은 오르지 마시라
아득히 넓은 중원땅의 초목 죄다 시들었거늘.

---

1) 건덕(建德): 고장 이름. 절강성 서부, 전당강 상류에 있음.
2) 병주(幷州): 고대 주(州) 이름. 전설에 대우(大禹)가 치수할 때 천하를 구주로 획분하였는데 그중의 하나라고 함. 그 지역이 지금의 하북 보정(保定) 일대와 산서 태원(太原), 대동(大同) 일대임.
3) 등고(登高): 높은 곳에 오름. 민속에 9월 9일 중양절에 산에 오르는데 이를 일러 '등고'라고 하였음.

(원문)

白雁南飞天欲霜, 萧萧风雨又重阳。
已知建德非吾土, 还忆并州是故乡。
蓬鬓转添今日白, 菊花犹似去年黄。
登高莫上龙山路, 极目中原草木荒。

[중구(重九)는 음력 9월 9일을 가리키며 중양(重陽)이라고도 한다. 이 시는 명절의 정회를 토로한 칠언률시이다. 수련에서는 중양절의 기분을 썼고 함련에서는 등고하고 모이는 날임에도 타향에 있으니 할일없음을 썼고 경련에서는 눈앞의 정경을 한걸음 더 깊이 묘사하면서 '국화'와 '백발'을 대조시키고 고향에 못 감을 애탄하고 있으며 마감 미련에서는 등고하여도 룡산 쪽으로 오르지 말라면서 그 쪽으로 등고하면 전쟁으로 황페해진 중원땅이 보인다면서 세상을 걱정하고 있다.]

작가소개

로연(1319년—1377년): 자는 도원(道源)이고 호는 본재(本齋)이며 건덕(建德) 순안(淳安, 지금의 절강 순안) 사람이다. 큰뜻을 품고 학업에 힘써 원순제 지정(至正) 11년(1351년)에 진사가 되고 화정승(華亭丞)을 제수받았다가 절강유학제거(浙江儒學提擧)로 되였다. 명초에 조정에서 그더러 관직에 나오라고 여러번 불렀으나 번마다 사절하였다. 하자들은 그를 일러 기산선생(岐山先生)이라고 하였다. 작품집으로 《로도원시집(魯道源詩集)》이 있다.

고소곡
姑苏曲

류숭(刘崧)

고소성(姑蘇城)[1] 성곽 우에 〈오야제(烏夜啼)〉[2] 노래 들리는데

고소대(姑蘇臺)[3] 우에서는 바람이 쓸쓸히 불어치네.

련꽃에 앉은 찬이슬에 가을 향기 사라지고

미인은 머리를 숙이고 이 밤도 흐느끼누나.

동룡(銅龍)[4]은 목이 메여 물시계소리 재촉하고

분주히 퉁기는 현줄에 홍옥(紅玉)[5]을 굴리는 듯하네.

원앙새 날아가니 향섭랑(響屧廊)[6]은 텅 비였고

---

1) 고소성(姑蘇城): 소주 오현의 별칭. 고소산(姑蘇山) 때문에 붙여진 이름임.
2) 〈오야제(烏夜啼)〉: 악부 《청상곡사(淸商曲辭)》의 〈서곡가(西曲歌)〉 이름임. 내용은 거개가 남녀의 련정을 노래하는 것임.
3) 고소대(姑蘇臺): 고소산에 있음. 전하는 바로는 오왕 부차가 쌓은 것이라고 함.
4) 동룡(銅龍): 물시계에서 물이 나오는 부분을 룡의 머리로 형상했기에 붙여진 이름.
5) 홍옥(紅玉): 붉은 색의 옥. 고대에는 미인의 살갗을 비유하는 말로 쓰이였음.
6) 향섭랑(響屧廊): 춘추시기 오왕(吳王)이 지은 궁전 복도 이름. 지면에 가래나무판자를 깔아놓아 그 우를 걸으면 울려서 소리가 났음.

마치도 오궁(吳宮)¹⁾에서 옛날의 곡 부르는 것 같네.

(원문)
姑苏城头乌夜啼，姑苏台上风凄凄。
芙蓉露冷秋香死，美人夜泣双蛾低。
铜龙咽寒更漏促，手拨繁弦转红玉。
鸳鸯飞去屧(xiè)廊空，犹唱吴宫旧时曲。

[이 칠언고시는 옛날을 생각하며 오늘을 느껴보는 회고시이다. 시인은 고소성 성마루에 서서 현실을 바라보며 옛날을 생각하면서 상전벽해의 변화에 감개해한다. 앞의 두구는 맑으면서도 구슬픈 시적 분위기를 만들었고 셋째와 넷째 구는 가을에 들어서면서 련꽃도 시들고 향기도 사라지고 규중녀인이 고개 숙이고 말없이 흐느끼는 모습을 묘사하면서 슬픈 분위기를 한층 더하여 준다. 다섯째와 여섯째 구에서는 밤은 이슥하고 물시계소리 똑똑한데 녀인은 잠 못 이루고 금현을 퉁기고 있고 마감 두구는 다시금 현실로 돌아와 고소대의 청랭한 분위기를 쓰면서 옛날의 향섭랑 같은 것이 지금은 빈터만 남았고 다만 들리는 노래만이 옛날 그 곡조라고 말하면서 인물이나 물상이 다 변해버린 것에 대해 비탄을 금치 못하고 있다.]

---

1) 오궁(吳宮): 춘추시기 오나라 왕의 궁전.

작가소개

　　류숭(1321년－1381년): 명조의 문학가임. 초명은 성생(聖生)인데 후에 '초(楚)'로 고치고 또 '숭(崧)'으로 고쳤다. 자는 자고(子高)이고 호는 철부(畷夫) 또는 사옹(槎翁)이며 강서성 태화(泰和) 사람이다. 홍무 3년(1370년) 경명행수(經明行修)에 천거되였고 병부직방사랑중(兵部職方司郎中)을 제수받았다. 후에 북평안찰사부사(北平按察司副使)로 전임되였다가 호유용(胡惟庸)의 작간으로 한직에 폄적되였으나 취임하지 않고 사직했다. 홍무 13년(1380년), 호유용이 처형되자 조정에 불려가 례부시랑에 임명되였고 미처 취임하기 전에 리부상서로 발탁되였다. 시작에 능해 ≪사옹시문집(槎翁詩文集)≫, ≪직방집(職方集)≫, ≪북평팔부지(北平八府志)≫ 등의 문집이 있고 강서 사람들은 그를 '서강파(西江派)'의 창시자로 추존하고 있다.

악양루에서 군산을 바라보며
登岳阳楼望君山

양기(杨基)

동정호(洞庭湖)[1]에 안개 걷히고 저녁바람 잠잠한데

잔잔한 봄물은 흰 비단필 펼친 듯하여라.

멀리 바라보는 군산(君山)[2]은 푸른색 한점이요

동정호 거울에 상수녀신(湘水女神)[3] 머리 빗고 있네.

거울 속 부용(芙蓉)[4]을 밤에 거두지 않았으니

산과 호수 푸른빛 어우러져 유유하구나.

---

1) 동정호(洞庭湖): 호남성 동북쪽에 있는 호수. 상강(湘江), 자수(資水), 원강(沅江) 따위가 흘러들며 호수 안에는 악양루(岳陽樓)가 있어 아름다운 경치로 유명함.

2) 군산(君山): 동정호에 있는 산. 상산(湘山), 동정산(洞庭山)이라고도 함. 전하는 바로는 요임금의 두 딸 아황(娥皇)과 녀영(女英)은 순임금의 왕비였는데 순임금이 창오(蒼梧)에서 죽자 둘 다 상강에 투신하여 죽은 후 상수의 녀신이 되였다고 하며 군산이 이 두 녀신의 거주지라고 함.

3) 상수녀신(湘水女神): 우의 주해 참조.

4) 부용(芙蓉): 호수의 련꽃과 거울에 비친 얼굴이 련꽃 같음을 암시하는 쌍관어임. 부용은 련꽃의 딴 이름임.

내처 흘러내려 봄강[1]으로 들어가며
파릉(巴陵)의 만고수심 싹 가셔주는구나[2].

(원문)
洞庭无烟晚风定, 春水平铺如练净。
君山一点望中青, 湘女梳头对明镜。
镜里芙蓉夜不收, 水光山色两悠悠。
直教流下春江去, 消得巴陵万古愁。

[이 시는 칠언고시이다. 파제(破題)에서 시인은 시간을 밝히고 악양루에 올라가 맨 먼저 보이는 것부터 썼고 3, 4구에서는 원경을 묘사하면서 군산과 더불어 상수의 녀신을 등장시키고 있다. 5, 6구에서는 시인이 먼 생각에서 깨여나 보니 물은 물 대로, 산은 산 대로 의연히 한적하게 있음을 썼고 마감 두구는 필봉을 돌려 시야를 군산에만 둔 것이 아니라 전반 동정호까지 폭을 넓혀가면서 경물과 서정을 융합시키고 있다. 시 전체가 백묘수법으로 군산의 경치를 그렸으며 자타를 하나로, 고금을 한데로 융합하였는바 통속적이면서도 심각하며 청신하면서도 자연스럽다.]

---

1) 봄강: 여기서는 장강을 가리킴.
2) 파릉(巴陵)은 옛 고장 이름임. 치소가 악양(岳陽)이므로 악양의 별칭으로도 불리움. '만고수심'은 여기서 상수녀신의 끝없는 시름을 가리킴.

작가소개

　　양기(1326년-1372년): 명조 초기의 시인임. 자는 맹재(孟載), 호는 미암(眉庵)이며 가주(嘉州, 지금의 사천 락산)가 본적이지만 오중(吳中, 지금의 절강 소주)에서 자랐다. 원조 말년에 장사성(張士誠)의 막부에 있었고 명조 초기에 형양지현(滎陽知縣)을 지냈고 후에 벼슬이 산서안찰사(山西按察使)에까지 이르렀으나 참소를 당해 파면되였고 강제로역에 시달리다가 현장에서 사망되였다. 일찍 시우 고계(高啟), 장우(張羽), 서분(徐賁)과 더불어 '오중사걸(吳中四傑)'로 이름을 날렸다. 저작으로 ≪미암집(眉庵集)≫ 12권, ≪보유(補遺)≫ 1권이 있다.

금릉의 우화대에 올라 장강을 바라보며
登金陵雨花台望大江

고계(高启)

대강이 수많은 산 사이로 흘러내리고 있으니
산세도 모두 강물 따라 동쪽으로 뻗고 있어라.
종산(鍾山)[1]만이 룡마냥 홀로 서쪽으로 올리뻗은 품이
거센 바람 타고 큰 너울 헤쳐버리려는 듯하구나.
강과 산이 양보 없이 서로 힘을 겨루면서
이 곳이 천하의 장관임을 다투어 자랑하고 있네.
진시황이 부질없이 황금을 여기 묻었다고 하나[2]
아름다운 기운은 지금껏 왕성히 피여나고 있네.
울적함이 쌓여 꽉 막힌 이 가슴 어떻게 풀가?

---

1) 종산(鍾山): 산 이름. 강소 남경 동북쪽 교외에 있음. 자금산(紫金山)이라고도 함.
2) 전하는 바로는 진시황이 이 곳의 왕기를 누르려고 종산 아래에다 황금을 파묻었다고 함.

거나하게 술 마시고 성남대(城南臺)¹⁾로 내처 올라왔네.

여기 앉아 머나먼 옛날의 일들 생각해보노라니

먼곳의 이내는 지는 해 속에 가물가물 오는구나.

석두성(石頭城)²⁾ 아래서는 파도가 사납게 노호하거니

설사 용맹한 군사 많다 해도 뉘 감히 건너올 수가 있는가?

손호(孫皓)³⁾는 뭘 믿고 황기 날리며 락양(洛陽)을 공격했는가⁴⁾

장강에 쇠사슬을 쳐놓아도 진(晉)나라 군사를 막을 수 없었거니⁵⁾.

이전 삼국(三國)과 그후의 륙조(六朝)⁶⁾

궁궐 옛터엔 잡초만 무성하니 얼마나 쓸쓸한가!

당시 영웅들 시세를 알아 한사코 강남을 할거하면서

전쟁으로 흘린 피 몇번이나 찬 물결에 흘려보냈던가?

다행히도 나는 성인(聖人)⁷⁾이 남쪽땅에 일어나시는 때를 만나서

란리도 모두 평정하시여 백성들 편안한 삶 누리고 있네.

지금부터는 온 세상이 영원히 한집안 되여

장강으로 남북을 경계 짓는 일 없게 되리라!

---

1) 성남대(城南臺): 우화대를 가리킴.
2) 석두성(石頭城): 옛성 이름. 그 터가 지금의 남경 청량산에 있음. 자고로 지형이 험준하기로 유명함.
3) 손호(孫皓): 삼국시대의 오(吳)나라 말대 황제. 오문제 손화(孫和)의 아들이고 오대제 손권(孫權)의 손자임.
4) 손호가 세간의 동요 "자주색 거개에 황색 기발 나붓기니 시운(時運)이 동남쪽에 돌아왔다네."라는 말을 믿고 락양(洛陽)을 차지하려고 군사를 일으켰다가 실패한 것을 가리킴.
5) 손호는 장강에 쇠사슬을 쳐놓고 진(晉)나라 병선을 막으려 하였지만 진나라 군사는 기름불로 쇠사슬을 녹여 끊고 내려와 오나라를 공격하여 손호는 마침내 항복하고 락양으로 끌려간 고사임.
6) 륙조(六朝): 동한(東漢)이 멸망한 뒤 수조가 통일할 때까지 장강 남쪽에 있었던 여섯 왕조. 즉 오(吳), 동진(東晉), 송(宋), 제(齊), 량(梁), 진(陳)을 가리킴.
7) 성인(聖人): 여기서는 명태조 주원장을 가리킴.

(원문)

大江来从万山中，山势尽与江流东。
钟山如龙独西上，欲破巨浪乘长风。
江山相雄不相让，形胜争夸天下壮。
秦皇空此瘗(yì)黄金，佳气葱葱至今王。
我怀郁塞何由开，酒酣走上城南台。
坐觉苍茫万古意，远自荒烟落日之中来。
石头城下涛声怒，武骑千群谁敢渡！
黄旗入洛竟何祥？铁锁横江未为固。
前三国，后六朝，草生宫阙何萧萧？
英雄来时务割据，几度战血流寒潮。
我今幸逢圣人起南国，祸乱初平事休息。
从今四海永为家，不用长江限南北。

[이 시는 시인이 명태조 홍무 2년(1369년)에 쓴 칠언고시이다. 금릉(金陵)은 지금의 강소성 남경이다. 전하는 바로 진시황이 여기에 왕기가 있다고 하여 이를 누르려고 산밑에 황금을 묻어두었다고 해서 '금릉'이란 이름이 생겼다고 한다. 우화대(雨花臺)는 남경의 남쪽 교외 취보산(聚宝山)에 있는 축대 이름이다. 량무제(梁武帝) 때에 운광법사(雲光法師)가 여기서 불경을 강의하였는데 하늘에서 꽃이 비 오듯이 내려 이런 이름이 붙여졌다 한다. 지세가 높아 장강을 굽어볼 수 있고 멀리 종산을 내다볼 수 있다. 이 시는 명조가 건립된 후 얼마 안되여 창작된, 조국통일에 대한 찬미와 새 왕조에 대한 옹

호를 주선률로 하고 있는 작품이다. 남경은 동오(東吳)이래 륙조의 도읍지로 흥망성쇠를 수없이 겪어왔기에 당송 때에도 이미 수많은 시인들이 이 곳에 와서 옛일을 회고하는 영사시(詠史詩)를 지었다. 그러나 고계처럼 금릉의 웅장한 산과 용용한 강물을 노래하며 새로 선 왕조를 찬미한 작품은 없다.]

작가소개

고계(1336년-1374년): 명조의 시인임. 자는 계적(季迪), 호는 사헌(槎軒) 또는 청구자(青丘子)라고 하며 장주(長洲, 지금의 강소성 소주시) 사람이다. 명조 홍무 초년에 한림원에서 국사(國史)를 편찬하였고 《원사(元史)》 편찬을 담당하였다. 사람됨이 고고하고 절개가 있었으며 사상은 유교사상이 근본이였으나 불교와 도교의 영향도 받았다. 그는 정치를 혐오하였고 공리(功利)를 경시하였다. 주원장이 그를 호부시랑(戶部侍郎)으로 임명하였으나 그 벼슬을 받지 않고 고향에 돌아가 농사 지으며 글을 가르치며 은거하여 살았다. 그의 시문은 아주 명망이 높았다. 홍무 6년(1373년)에 당시 소주지부(蘇州知府)였던 위관(魏觀)이 관부의 옛터를 다시 수복(修復)하였는데 고계가 이를 위해 〈군치상량문(郡治上梁文)〉을 썼다. 어사(禦史) 장도(張度)가 원래 장사성(張士誠)의 궁터였던 곳에 관아를 짓는 것은 위관이 반역의 의도를 품은 것이라 무고하여 위관은 죽임을 당하였고 평소 고계에 대해 의심하고 있었던 주원장은 이를 빌미로 고계가 위관의 관저 건축에 상량문을 써주었다고 하여 역모로 몰아 39세의 젊은 나이로 처형되었다. 그의 시는 인민의 생활을 반영하였고 시어가 질박하고 진솔하며 생활정취가 다분하고 자유분방하다. 시집 ≪고태사대전집(高太史大全集)≫, 문집 ≪부조집(鳧藻集)≫, 사집(詞集) ≪구현집(扣舷集)≫이 있다.

비가
悲歌

주동(朱同)

밤에 항주성 바라고 신성(新城)[1]을 떠나니
순풍 안고 가는 돛배 가벼웁고나.
반공중에 밝은 달 알처럼 작게 보이고
만리 푸른 강은 거울 같이 평평하구나.
흰 물결 언제나 전후사를 재촉하고
푸른 산 고금의 정은 다함이 없어라.
십년 만에 다시 와서 구경하게 되였거니
어느 곳에서 옛친구와 같이 달구경을 할가!

(원문)
夜发新城望浙城, 好风吹送片帆轻。

---

1) 신성(新城): 고장 이름. 지금의 절강 신등(新登)임.

一丸皓月天心小，万里沧江镜面平。

白浪总催前后事，青山不尽古今情。

重来十载登临地，何处故人同眼明。

[이 시는 려행하면서 감회를 읊은 칠언률시이다. 떠난 지 10년 만에 다시 항주를 찾는 감개를 시로 표현하였다. 여기서 절강은 전당강을 말한다. 이 시는 언어가 청신하고 우아하며 감정이 진솔하고 차분하여 마치 그윽한 소야곡을 감상하는 듯한 감을 준다.]

작가소개

주동(1336년—1385년): 자는 대동(大同), 호는 주진촌민(朱陳村民) 또는 자양산초(紫陽山樵)이며 휘주부(徽州府) 휴녕(休寧, 지금의 안휘성에 속함) 사람이다. 홍무(洪武)년간에 명경에 천거되여 례부시랑(禮部侍郎)을 지냈다. 저서로 《복부집(覆瓿集)》이 있다.

상강에서 밤에 묵으며
湘江夜泊

사근(史謹)

일엽편주에 달을 싣고 삼상(三湘)[1]을 내려올제

이슬 내린 섬 바람에 두약(杜若)[2] 향기 풍겨오네.

온통 가을날의 소리뿐이라 어디다 붙일 데 없어

시름과 함께 자욱한 물안개 속으로 흩어져 들어가네[3].

(원문)

扁舟载月下三湘, 露渚风来杜若香。

一片秋声无处著, 和愁散入水云乡。

---

1) 삼상(三湘): 호남(湖南)의 별칭임. '소상(瀟湘)', '증상(蒸湘)', '원상(沅湘)'의 략칭임.
2) 두약(杜若): 생강과 여러해살이풀임. 흰색 꽃이 피고 열매는 붉게 익으며 종자는 약용함.
3) 여기서는 은둔자가 거주하는 곳을 암시함.

[이 시는 칠언절구로 된 시이다. 앞의 두구는 주제를 제시하며 경물을 썼고 뒤의 두구는 경물을 대하면서 느낀 감정을 토로하였다. 가을을 쓴 대부분 시들이 가을날 경치를 쓴 것에 비하여 이 시에서는 주요하게 가을날의 소리가 작자에게 주는 감수를 쓴 것이 특색으로서 가히 기발한 구상이라 할 수 있다.]

작가소개

사근(?―약 1367년): 자는 공근(公謹), 호는 오문야초(吳門野樵)이며 소주부(蘇州府) 곤산(昆山) 사람이다. 홍무년간에 운남에 적거하였다가 응천부추관(應天府推官)으로 천거되였고 후에 상음현승(湘陰縣丞)으로 전직하였으며 해직후에는 남경에 거주하였다. 성품이 고결하였고 시를 읊조리기 좋아하였으며 그림을 잘 그렸다. '독취정(獨醉亭)'이라는 정자를 세우고 약을 팔아 자급하며 살았다. 《독취정시집(獨醉亭詩集)》이 있다.

진황묘
秦皇庙

림필(林弼)

세상을 잠식하던 웅위론 기세 세월 따라 가버리고
거친 사당만 바위에 기댄 채 쓸쓸하게 서있구나.
삼신산(三神山)[1] 아래 신선의 배는 멀리 가버리고
만리성(萬里城) 곁에는 싸우다 죽은 해골만 널렸구나.
동쪽 로(魯)에는 아직도 주의 례악이 있는데
서쪽 진(秦)은 헛되이 한의 강산만 넓게 하였네.
이세(二世)[2]가 자리에 오래 못 앉을 줄 알았더라면
현애절벽에 새긴 글 갈아버리지도 않았을 것을.

(원문)
蚕食雄风逐逝波，荒祠寂寂寄岩阿。

---

1) 삼신산(三神山): 전설에 나오는 동해 가운데 신선이 산다고 하는 봉래산(蓬萊山), 방장산(方丈山), 영주산(瀛洲山) 세 산을 가리킴.
2) 이세(二世): 진(秦)나라 2세 황제 호해(胡亥)를 가리킴.

三神山下仙舟远，万里城边战骨多。
东鲁尚存周礼乐，西秦空壮汉山河。
早知二世无多祚(zuò)，崖石书功不用磨。

[이 시는 칠언률시이다. 수련에서는 진시황이 당년에 천하를 통일했으나 그 위업이 세월 따라 가버리고 황폐한 사당만 남았다는 것을 썼고 함련에서는 신선 찾아 불사약 구하려고 해도 부질없는 짓이고 만리장성 쌓아도 적의 침입을 막기 어렵다는 것을 썼으며 경련에서는 진시황이 문화방면에서 공덕이 모자라다는 것을 주의 례악이 아직도 로나라 지역에 남았음을 대조시키면서 진조가 강역을 넓힌 것이 한조가 강성해질 수 있는 토대를 닦아주었다는 것을 썼고 마감 미련에서는 진조를 비웃고 풍자하는 어투로 마무리를 지었다.]

작가소개

림필: 생졸년대는 알려져 있지 않으나 대개 원혜종(元惠宗) 지정(至正) 20년(1360년)을 전후하여 생존하였던 것으로 짐작된다. 자는 원개(元凯)이며 복건 룡계(龍溪) 사람이다. 문장을 잘 지었고 지정 8년(1348년) 진사로 되였다. 명조에 들어선 후 《원사(元史)》의 편수에 참가하였고 이에 앞서 장주로지사(漳州路知事)를 지냈다. 명조 초기에 유학자를 불러 례악서를 만들었고 례부주사(吏部主事)를 제수받았고 후에는 등주(登州, 지금의 산동 연대 모평)지부(知府)로 임명되였다. 저서로 《매설재고(梅雪齋稿)》, 《림등주집(林登州集)》이 있다.

변새에서 오랜 친구를 만나
塞上逢故人

림홍(林鴻)

오릉(五陵)[1]에서 만났다 헤여진 후에
필마단기로 저마끔 천하를 헤매였네.
변새 밖에 나오니 나그네 생활 어려운데
그대를 만나니 마치 제 집에 온 것 같네.
이후의 바람이야 그저 꿈결 같겠지만
앞으로 갈 길에는 세찬 모래바람 불겠지.
이제 장안길에서 서로 만나서
말채찍 걸어놓고 지는 꽃 보며 흠뻑 취해보세.

---

1) 오릉(五陵): 여기서 말하는 오릉은 장릉(長陵), 안릉(安陵), 양릉(陽陵), 무릉(茂陵), 평릉(平陵) 이 다섯개 현을 합쳐 이르는 말임. 모두 위수(渭水) 북안인 지금의 섬서 함양시(咸陽市) 부근에 있으며 서한(西漢)의 다섯 황제의 무덤이 있는 곳이기도 함. 장안과의 거리가 가깝기에 많은 부호들이 여기 이사 와서 살았으므로 후에 오릉은 번화한 곳을 의미하는 말로 되였음.

(원문)

五陵携手罢, 匹马各天涯。

出塞难为客, 逢君似到家。

后期如梦寐, 前路正风沙。

只好长安陌, 垂鞭醉落花。

[이 시는 친우를 만난 기쁨과 헤여짐의 아쉬움을 쓰면서 우정이 귀중함을 일깨워주는 오언률시이다. 앞의 네구는 상봉의 기쁨을, 뒤의 네구는 앞으로의 일과 바람에 대해 쓰고 있다. 이 시는 대구가 잘 들어맞고 격률이 엄격하며 정감이 진지하고 언어가 질박하다.]

작가소개

림홍: 생졸년대는 알려져 있지 않으나 대개 홍무 16년(1383년)을 전후하여 생존한 것으로 추정된다. 자는 자우(子羽)이며 복건 복청현(福淸縣) 사람이다. 홍무 초년에 〈룡지춘효(龍池春曉)〉와 〈고안(孤雁)〉이란 시 두수로 명태조 주원장의 중시를 받았다. 홍무 7년(1374년)에 례부정선사원외랑(禮部精膳司員外郞)을 제수받고 나이 마흔이 안되여 스스로 관직에서 물러났다. 시를 잘 지어 '민중십재자(閩中十才子)' 중 으뜸으로 불리였으며 저작으로 《명성집(鳴盛集)》 4권을 남겼다.

서호죽지사(1)
西湖竹枝词其一

왕립중(王立中)

눈 속에서 피어난 고산(孤山)¹⁾의 매화꽃
그대의 빙설 같은 용모와 흡사하구먼.
다리 남쪽 밭두둑의 버들을 닮지 마오
봄이 오면 봄바람에 쉬이 시집 갈 테니깐.

(원문)
孤山梅花开雪中, 恰似阿侬冰雪容。
不学画桥南畔柳, 春来容易嫁东风。

---

1) 고산(孤山): 절강 항주 서호에 있는 산. 외로운 봉우리가 홀로 솟아있고 경치가 수려하여 세칭 '고산처사(孤山處士)'라고 하는 송조의 림포(林逋)가 여기에 은거하여 매화를 심고 학을 키워 '매처학자(梅妻鶴子)'라는 미담도 생겨났음.

['죽지사'는 악부 곡명이다. 원래는 파유(巴渝) 일대의 민가였는데 류우석(劉禹錫)이 고쳐서 새로 사(詞)를 만든 후 후세에 류행된 곡이다. 서호에 와서 <서호죽지사>를 지어 서로 수창하는 것은 시인들에게 있어서 원조 때부터 하나의 멋으로 되여왔다. 이 죽지사는 꽃을 사람에 비유하였고 사물을 빌어 뜻을 말하는 형식으로 되여 있는데 이것이 다른 애정시와 다르다고 할 수 있다.]

작가소개

왕립중(1309년-1385년): 자는 언강(彦强), 장주(長洲, 지금의 강소 소주) 사람이다. 원말에 송강지부(松江知府)를 지냈고 명조가 건립된 후에도 벼슬을 하였다. 작품집으로 ≪치재집(稚斋集)≫이 있다.

청명에 즈음하여
清明即事

구우(瞿佑)

바람에 눈송이 같은 배꽃이 정원을 뒤덮는데
올해도 어김없이 청명절이 다가왔네.
흔들거리는 거미줄은 드리워도 별 뜻 없으나
향기롭고 꽃다운 풀들은 볼수록 유정하네.
온 뜰에 아침안개 자욱한데 제비들 지저귀고
창문 절반 해살이 비쳐들어 누에들 깨여나네.
높다란 그네 한틀이 명원(名園)에 세워져
수양버들 사이두고 사람들 웃음소리 즐겁네.

(원문)
风落梨花雪满庭, 今年又是一清明。
游丝到地终无意, 芳草连天若有情。

满院晓烟闻燕语, 半窗晴日照蚕生。
秋千一架谁园里? 人隔垂杨听笑声。

[이 시는 청명절을 묘사한 칠언률시이다. 이 시는 전고 하나 쓰지 않고 눈으로 보는 주변 풍경과 마음으로 느끼는 정서를 그려냈는데 특히 마감 미련에서는 소리만 들리고 사람은 보이지 않게 함으로써 읽는 이의 상상을 유발하고 있다. 보통 청명이라고 하면 감상적이고 우울한 정서의 시들이 많지만 이 시는 청춘의 생기가 약동하고 인생의 즐거움이 넘쳐나는 것들을 썼다. 필치가 청려하고 평이하며 시적 경지 또한 산뜻한 것이 이 시의 특점이다.]

작가소개

구우(1341년—1427년): 원말 명초의 문학가임. 자는 종길(宗吉), 호는 존재(存齋)이며 전당(錢塘, 지금의 절강 항주) 사람이다. 일설에는 산양(山阳, 지금의 강소 회안) 사람이라고 한다. 박학다재하여 주왕부(周王府)의 우장사(右長史)를 지냈으나 영락(永樂)년간에 시화(詩禍)로 보안(保安)에 10년간 수자리 살다가 홍희(洪熙) 원년(1425년)에 풀려나와 원직을 회복하고 내각의 일을 보게 되였다. 저서에 《전등신화(剪燈新話)》, 《존재시집(存齋詩集)》, 《귀전시화(歸田詩話)》, 《악부유음(樂府遺音)》, 《여청사(餘清詞)》 등이 있다.

병신년에 회포를 읊노라
丙申岁咏怀

리연흥(李延兴)

처자를 언제 가면 만날 수 있을가
슬프구나, 병이 또 도지는 것 같네.
멀리 있으면서 간다 간다 헛말만 전했으니
한백년 함께 살자는 마음 저버린 것 같아라.
모자 우엔 서리가 가득 내리고
섬돌엔 락엽이 두텁게 쌓였네.
〈백두음(白頭吟)〉[1]을 읊으면서 마음 아파서
고개 돌리니 눈물이 옷섶을 적시누나.

---

1) 〈백두음(白頭吟)〉: 《서경잡기(西京雜記)》 권3에 "상여(사마상여)가 무릉의 녀인을 첩으로 삼으려고 하자 탁문군은 〈백두음(白頭吟)〉을 지어 스스로 손절하려 하였다. 이에 상여는 그만두었다(相如將聘茂陵人女爲妾, 卓文君作《白頭吟》以自絶, 相如乃止)." 라는 대목이 있음.

(원문)

妻子何时见？凄凉病转侵。

虚传千里信，已负百年心。

茅屋飞霜满，空阶落叶深。

白头吟正苦，回首泪沾襟。

[이 시의 병신년은 원조 지정(至正) 16년(1356년)이다. 오언률시로 된 이 시는 세말에 쓴 영회시이다. 정감이 침중하고 언어가 질박하며 특히 함련과 경련에서 대구가 잘 들어맞아 명구로 되고 있다.]

작가소개

리연흥: 약 1368년을 전후하여 생존한 것으로 추정된다. 원말명초의 시인임. 자는 계본(繼本), 동안(東安) 사람으로 후에 북평에 이주해서 살았다. 원순제(元順帝) 지정(至正) 17년(1357년)에 진사가 되고 태상봉례 겸 한림검토(太常奉禮兼翰林檢討)를 제수받았다. 원말에 병란이 일어나자 벼슬을 그만두고 은둔하였다가 명조가 건립된 후 래수(淶水), 영청(永淸) 현학(縣學)을 맡은 적이 있다. 저서로 ≪일산문집(一山文集)≫이 있다.

봄 기러기
春雁

왕공(王恭)

한 밤이 흐르니 봄바람에 형양(衡陽)¹⁾이 훈훈한데
초수(楚水)²⁾에서 연산(燕山)³⁾까지 만리길 떠난다네.
봄이 오자마자 떠난다고 나를 나무리지 말아다오
강남이 비록 좋다지만 아무래도 역시 타향인 것을!

(원문)
春风一夜到衡阳，楚水燕山万里长。

---

1) 형양(衡陽): 오늘의 호남성 형산 이남. 산봉우리들이 깃을 펼친 기러기 모양이라고 해서 회안봉(回雁峰)이라 불리움. 전하는 데 의하면 북에서 날아오던 수리개는 여기까지 와서 더 남쪽으로 날아가지 않고 봄을 맞아 북방으로 간다고 함.
2) 초수(楚水): 고대 초나라의 강과 호수를 가리킴. 전국시기 초나라는 호북, 호남, 안휘, 사천, 강소와 절강 등 대부분 지역을 차지하고 있었기에 이 곳을 초나라 불렀으며 강남을 가리킴.
3) 연산(燕山): 연산산맥의 산들. 화북평원의 북쪽 조백하곡(潮白河谷)으로부터 산해관(山海關)에 이르며 서에서 동으로 수백리 뻗어있음.

莫怪春来便归去，江南虽好是他乡。

　　[칠언률시로 된 이 시는 형양에서 돌아오는 기러기에 대한 묘사를 통해 강남의 경치에 한눈 팔지 않고 봄이 되면 바로 북으로 돌아가는 철새에 시인의 고향을 그리는 상념을 얹고 있다. 아울러 관직에 련련하지 않고 초부로 은둔생활을 하려는 작자의 뜻을 내비치고 있다. 전반 시는 구조가 참신하고 뜻빛갈이 깊고도 따스하다. 영락(永樂) 4년(1406년)에 시인은 높은 벼슬에 올랐으나 단연 사직하고 고향으로 돌아갔는데 이 시는 바로 그가 고향으로 돌아가는 도중에 쓴 것이다.]

작가소개

　　왕공(생졸년대 미상): 민현(閩縣, 지금의 복건성 복주 민후현) 사람으로서 자는 안중(安中)이며 자칭 개산초자(皆山樵者)라고 하였다. 젊어서는 산천경개를 찾아다녔고 장년에 이르러 뜻을 펴지 못한 채 칠암산(七岩山)에서 은둔생활을 하였다. 영락(永樂) 4년(1406년)에 한림대조(翰林待詔)로 천거되였고 《영락대전(永樂大典)》의 수정에 참여하고 한림전적(翰林典籍)으로 등용되였으나 얼마후 사직하고 귀향하였다. 그는 '민중십재자(閩中十才子)'의 한 사람이다. 《사고총목(四庫總目)》에서는 그의 시를 두고 "시어가 빼여나고 속세를 벗어났으며 십재자의 재치를 보여주었다"고 평했다. 저서로는 《백운초창(白雲樵唱)》 4권, 《초택광가(草澤狂歌)》 5권 등이 있다.

시를 말하다
谈诗

방효유(方孝孺)

세상에서는 리백, 두보를 시의 조종이라 하는데
모르겠네 리백, 두보의 조종은 또 누구이신지.
풍아(風雅)[1])의 무궁한 뜻 찾아볼 수 있다면야
그게 바로 건곤의 절묘호사(絶妙好辭)가 아닐가.

(원문)
举世皆宗李杜诗，不知李杜更宗谁。
能探风雅无穷意，始是乾坤绝妙辞。

[이 시는 칠언절구로서 시를 론한 시이다. 시가의 근원과 본질을 되새겨보게 한다.]

---
1) 풍아(風雅): 《시경(詩經)》의 《국풍(國風)》과 《대아(大雅)》, 《소아(小雅)》를 가리킴.

작가소개

　　방효유(1357년-1402년): 자는 희직(希直), 또는 희고(希古)라고도 하며 절강 녕해(寧海) 사람이며 송렴(宋濂)의 제자이다. 홍무 14년(1381년)에 경사로 불려가 한중부교수(漢中府教授)가 되여 제생(諸生)들을 가르쳤다. 촉헌왕(蜀獻王)이 그 현능함을 듣고 그를 청해 세자의 스승으로 삼았고 그 집을 '정학(正學)'이라고 불렀으므로 학자들은 그를 가리켜 정학선생(正學先生)이라고 호칭하였다. 건문제(建文帝)가 즉위하자 방효유는 시강학사(侍講學士)로 되였다. 연왕(燕王) 주체(朱棣)가 군사를 일으켜 남경에 들어와 자칭 주공(周公)이 성왕을 보좌하는 것처럼 행세하며 방효유더러 조서를 꾸미게 하였다. 이에 효유가 노하여 "성왕이 어디 있는가?"라고 질책하며 붓을 땅에 던져버리고 응하지 않았고 드디어 참수되여 저자에 내쳐지고 종족, 친지, 제자 수백명이 련루되여 살해되였다. 저서로 ≪손지재집(遜志齋集)≫이 전해진다.

류백천의 석상에서 지음
刘伯川席上作

양사기(杨士奇)

눈은 멎기 시작하고 술은 아직 남았는데
계산(溪山)의 깊은 곳엔 경요(瓊瑤)[1]가 밟히네.
한기가 뼈에 스며들어도 아랑곳없이
매화를 바라보며 다리를 건너가네.

(원문)
飞雪初停酒未消, 溪山深处踏琼瑶。
不嫌寒气侵人骨, 贪看梅花过野桥。

[이 시는 칠언절구이다. 우선 금방 멎기 시작하는 눈과 잔에 남은 술, 그리고 계산 깊은 곳의 발에 밟히는 눈, 이런 자연과 인문의

---

1) 경요(瓊瑤): 아름다운 옥돌을 뜻하는데 여기서는 눈을 가리킴.

풍경에서 시로 들어간다. 펑펑 내리던 눈이 약속이나 한 듯이 갑자기 멎기 시작할 때 아직도 술은 잔에 남아있다. 흥에 겨운 사람들은 술기운을 타서 길에 깔린 눈을 밟으며 계산의 깊은 곳으로 들어간다. 비록 한기가 뼈속에 스며들지만 아랑곳없이 시인은 활짝 피여난 매화를 감상하며 다리 몇개를 건너간다. 화면은 선명한 색조에 동정이 조화롭고 눈을 밟으며 매화를 감상하는 정경이 눈앞에 안겨온다.

《명시기사(明詩紀事)》에서 인용한 《쌍홰세초(雙槐歲鈔)》에 따르면 어느 해 십사오세에 나는 양사기는 친구 진맹결(陳孟潔)과 함께 아버지의 가까운 친구 류백천을 방문했다. 류백천이 두 사람을 남겨 식사대접을 하다가 또 그들 둘을 데리고 밖으로 나갔다. 이 때는 눈이 멎어 세상은 온통 새하얗게 되였다. 먼저 진맹결이 시를 지었다. "십년근고사계창(十年勤苦事鷄窓)하고 유지백운백옥당(有志白雲白玉堂)이라. 회대향풍양류맥(會待香風楊柳陌)하면 홍루쟁간록의랑(紅樓爭看綠衣郎)하리". 이 시를 본 류백천은 웃으면서 진맹결에게 말했다. "십년 동안 고생을 해서 기껏해야 홍루의 녀자를 한 눈 보기 위해서인가? 너는 기껏해야 풍류진사에 지나지 않아."라고 했다. 양사기는 그 때 바로 이 시를 썼다. 류백천은 양사기의 시를 보고 찬양하였다. "너의 시는 가난한 선비의 본색을 잃지 않았다. 너는 지금 매화의 처지처럼 빈한하지만 앞으로는 기필코 큰 그릇이 될 것이니 노력해보아라. 그러나 나는 볼 것 같지 못하구나."라고 했다. 후에 진맹결은 한림원 서길사가 되였고 양사기는 벼슬이 소사(少師)에까지 이르렀다. 류백천이 예측한 바와 같았다. 이 시는 비록 즉흥시이지만 강렬한 상징적 의의가 있으며 시인은 시로 자기의 뜻을 나타냈다. 엄한 같은 악조건을 두려워하지 않고 과감히 추구하면서 그 속에서 락을 찾는다는 작자의 정회와 뜻을 표현한 것이다.]

작가소개

양사기(1365년—1444년): 이름은 우(寓), 자를 이름으로 썼고 호는 동리(東里), 강서 태화(泰和) 사람이다. 어린시절 집이 가난하였지만 열심히 배워 제자들을 받아 자급했다. 성조(成祖)가 즉위한 후 편수를 제수받아 내각에 들어갔고 기요(機要) 부문에도 참가했다. 그는 혜제(惠帝), 성조, 인종(仁宗), 선종(宣宗), 영종(英宗) 등 다섯 왕조를 거친 원로 대신으로서 내각에서 보신(補臣)으로 40여년 지냈고 그중 수보(首補)로 21년 있었다. 그의 시문들은 '대각체(臺閣體)'로 불린다. 저서로 ≪동리전집(東里全集)≫, ≪력대명신주의(歷代名臣奏議)≫ 등이 있다.

안해에게
寄内

해진(解縉)

북경으로 들어간 지 어언간 10여년
꿈속에서 언제나 금강(錦江)[1]가를 거닌다네.
뜨락의 먼지를 자주 쓸어내고
책궤의 시서들을 정연히 정리하시게.
곡식이 익으면 조심스레 수납하고
울타리가 망가지면 반드시 수선하시게.
고당(高堂)[2]을 잘 모시고 자식들 훈계하여
고생스럽더라도 앞날 멀리 내다보시게.

---

1) 금강(錦江): 민강(岷江)의 지류중 하나. 지금의 사천성 성도평원에 있음.
2) 고당(高堂): 부모를 달리 이르는 말.

(원문)

一去京华已十秋，梦魂常在锦江头。

堂前尘土勤勤扫，架上诗书好好收。

禾黍熟时烦出纳，园篱破处务培修。

高堂当奉儿当训，辛苦终为远大谋。

[이 시는 칠언률시이다. 안해에게 보내는 시인데 경사로 올라간 지 10여년이 되지만 꿈에는 그냥 금강가를 거닌다고 하면서 자신으로부터 시를 시작하였다. 안해에게 부탁하는 말은 먼지를 자주 닦고 책들을 잘 건사하라고 한다. 곡식은 익으면 제때에 수납하고 울바자를 자주 손질하라고 귀띔한다. 그래도 시름이 놓이지 않아 부모에게는 효도하고 자식들을 잘 가르치라고 한다. 비록 힘들고 어렵겠지만 멀리를 내다보아야 한다고 일러준다. 통속적이고 친절한 언어로 그리움과 자기의 근심걱정을 다 털어놓음으로써 깊은 정을 나타내고 있다.]

작가소개

해진(1369년—1415년): 자는 대신(大紳)이다. 강서 길수(吉水) 사람이다. 사유가 민첩해 이름이 해내를 진동했다. 그의 글들은 웅장하고 창량하다. 시는 호매롭고 풍만한 데는 리백과 두보를 따라잡는다. 서예에도 재주가 뛰여나 해서, 행서, 초서에 모두 능했다. 사(詞)에도 우아한 멋을 보인다. 《문의집(文毅集)》에 그의 대부분 사들이 수록되여있다. 홍무 21년(1388년)에 진사에 급제하여 태조의 사랑을 많이 받았다. ≪영락대전(永樂大典)≫의 편찬에 참가하였으며 재능이 너무 뛰어나 질투를 받아 여러번 좌천되었다. 영락 8년(1410년)에 북경으로 들어갔으나 황제가 출정을 하여 만나지 못하고 태자를 배알하였는데 "신하의 례절을 지키지 않았다"는 죄명으로 투옥되였다가 살해되였다. 저서로 ≪해학사집(解學士集)≫, ≪천황옥첩(天潢玉牒)≫이 있다.

남양에서 돌아오며
归自南阳

리창기(李昌祺)

갈 때는 가을이 무덥더니
돌아올 때는 서리가 내리누나.
강산은 고향이 아니고
인물은 타향이더라.
얼굴의 주름은 날따라 많아지고
리별의 우수는 길 따라 길어간다.
먼지는 언제나 갈라질 수 없는 듯
옷이면 옷마다에 달려와 매달린다.

(원문)
去日犹秋暑, 归时已冷霜。
江山非故里, 人物是他乡。

老态随年出，离愁共路长。
埃尘如见恋，到处扑衣裳。

[이 시는 오언률시이다. 남양은 지금의 하남성 방성산(方城山), 복우산(伏牛山) 남쪽에 있다. 리창기가 49세 때 하남좌포정사로 있으면서 개봉(開封)에 거주했는데 이 시는 그가 남양에서 개봉으로 가는 도중에 쓴 것이다. 이 시는 년로한 관리가 먼길을 가면서 려로의 권태감에 모대기며 쓴 글이다. 시는 소박하고 자연스럽고 류창하다. 질박하고 자연스러운 가운데 가끔 새로운 뜻이 기발하게 나타나기도 한다. 비록 전체 분위기는 가라앉았지만 너무 야위지 않고 수심이나 감상만 담은 것도 아니다. 리창기는 명조시기의 탁월한 관원으로 렴결하고 정직하며 시풍도 소박하고 돈후하여 대가의 풍모가 있다.]

작가소개

리창기(1376년-1452년): 명조의 소설가임. 이름은 정(禎), 자는 창기 또는 유경(維卿)이고 호는 교암(橋庵) 또는 백의산인(白衣山人), 운벽거사(運甓居士)이며 로릉(盧陵, 지금의 강서 길안) 사람이다. 영락(永樂) 2년에 진사에 급제하였고 벼슬은 광서포정사(廣西布政司)를 지냈다. 사람됨이 렴결하고 정직하며 가난한 사람을 구제하여 좋은 평판을 가지고 있다. 재능도 풍부하고 학식도 연박하여 시집으로 《운벽만고(運甓漫稿)》가 있고 저서로 《전등여화(剪燈餘話)》가 있다.

기서행
饥鼠行

공후(龚诩)

등불 꺼지고 경고(更鼓)¹⁾소리 시작되니
굶주린 쥐들이 굴에서 우글부글 나온다.
책을 갉고 뚝배기를 뒤엎고 그릇을 뒤집어
그 소리에 놀라 꿈속으로 들어갈 수 없구나.
고양이란 놈은 매미 잡는 재주를 스스로 자랑하며
배불리 먹고 나서 온밤을 잠만 자누나.
우습구나, 아둔한 자식의 어리석은 노릇
이불을 뒤집어쓰고 야옹야옹 고양이소리 내누나.

(원문)

灯火乍熄初入更，饥鼠出穴啾啾鸣。

---

1) 경고(更鼓): 밤에 시각을 알리려고 치는 북. 밤의 시간을 초경(初更), 이경(二更), 삼경(三更), 사경(四更), 오경(五更)으로 나누어 매 시각마다 관아에서 북을 쳐 알렸음.

啮书翻盆复倒瓮, 使我频惊不成梦。
狸奴徒尔誇衔蝉, 但知饱食终夜眠。
痴儿计拙真可笑, 布被蒙头学猫叫。

['행(行)'은 즉 가행(歌行)으로서 고대 가사제재의 하나이다. 이 시는 칠언가행으로 동취(童趣)가 다분한 시이다. 앞 두구는 사람들이 자려고 등불을 끄니 굶주린 쥐들이 찍찍대며 굴에서 기여나와 식탁을 들추고 물동이를 깨고 뚝배기를 들추며 먹을 것을 찾지만 쥐를 잡아야 할 고양이는 매미를 잡는 기술이 있다고 매미를 잡아 배불리고 잠만 쿨쿨 잔다. 쥐들이 우글거리지만 고양이가 쥐를 잡지 않자 어린이는 이불로 머리를 덮고 고양이소리를 내여 쥐를 쫓으려고 한다. 이 시는 자리만 차지하고 일을 하지 않는 현상과 해충 같은 인간이 욱실거리는 현실을 풍자하였다.]

작가소개

공후(1382년—1469년): 이름은 후(翊), 자는 대장(大章), 호는 순암(純庵) 또는 공찰자(龔察子)이며 소주부 곤산(昆山) 사람이다. 건문(建文) 때 금천(金川)의 문지기를 지냈고 연왕의 군사가 쳐들어오자 한바탕 통곡한 뒤 산에 은거하여 제자들을 가르쳤다. 후에 주침(周忱)이 강남을 순시하다가 그를 발견하고 두차례나 벼슬에 추천하였지만 견결히 거절하였다. 사망한 후 문생들이 나름 대로 시호를 안절(安節)이라고 하였다. 저서로 《야고집(夜古集)》이 있다.

석회의 노래
石灰吟

우겸(于谦)

마치 곡괭이로 치고 파내여져 깊은 산을 나와
뜨거운 불로 태워도 대수롭지 않게 여기네.
뼈가 부서지고 몸이 조각나도 전혀 두려워하지 않고
오직 맑고 깨끗하게 세상에 남아있고저 하네.

(원문)
千锤万击出深山, 烈火焚烧若等闲。
粉骨碎身全不惜, 要留清白在人间。

[이 시는 칠언절구이다. 사물에 기탁하여 뜻을 말한 것으로서 상징수법을 써서 문자로는 석회석을 읊었지만 실지에 있어서는 탁물우의(託物寓意)를 한 것으로 시인의 고결한 리상을 표현하고 있

다. 언어가 질박하고 자연스러우며 아주 강한 감화력을 갖고 있다. 특히 적극 진취하려는 인생태도와 두려움 모르는 름연한 정기는 세인들에게 계시와 격려를 주고 있다.]

작가소개

우겸(1398년—1457년): 자는 정익(廷益), 호는 절암(节庵), 전당(錢塘, 지금의 절강 항주) 사람이다. 소보(少保)벼슬을 지냈으므로 세칭 우소보(于少保)라고 하였다. 젊어서 진사가 되였고 이어 산서하남순무(山西河南巡撫)를 력임하였고 정사를 깨끗하고 바르게 처리하였다. 뒤에 병부시랑(兵部侍郎)이 되였는데 정통(正統) 14년(1449년) 몽골 와라(瓦剌) 부족이 쳐들어오자 영종(英宗)이 직접 나섰다가 오히려 포로가 되여 온 나라가 놀라서 도읍을 남쪽으로 옮기려고 하였다. 그 때 병부상서(兵部尚書)가 된 우겸이 나서서 경종(景宗)을 옹립하고 와라와 싸워 그들을 물리치고 경사를 보위한 다음 천순(天順) 원년(1457년)에는 다시 영종을 복위시켰다. 하지만 곧 모함을 받아 피살되여 온 천하가 원통히 여겼다 한다. 우겸은 악비(岳飛), 장황언(張煌言)과 더불어 력사상 '서호삼절'로 불린다. 후에 충숙(忠肅)이라는 시호가 내려졌다. 문학에 있어서 그는 소박한 언어를 사용하여 시를 지었고 문집으로 《우충숙집(于忠肅集)》이 있다.

책들을 보며
观书

우겸(于谦)

책들은 다정한 옛친구 같아
아침저녁 근심과 즐거움 같이 한다네.
눈앞에서 줄줄 펼쳐지는 삼천자
가슴에 한점의 티끌조차 없게 하네.
흐르는 물 원류 있어 어디나 넘쳐나고
봄바람에 꽃과 버들 철따라 새로워지네.
황금안장 옥고삐의 권귀들 명승 찾아 헤매면서
이내 서재에 따로 봄경치 있음을 믿지를 않네.

(원문)
书卷多情似故人，晨昏忧乐每相亲。
眼前直下三千字，胸次全无一点尘。

活水源流随处满，东风花柳逐时新。
金鞍玉勒寻芳客，未信我庐别有春。

[이 시는 책의 좋은 점을 설파한 시이다. 독서에 대한 시인의 체험과 감수를 썼는데 취미가 고아하고 풍격이 솔직하며 설명이 형상적이어서 남다른 감화력을 갖고 있다.]

사하를 다시 지나는 길에서
重过沙河道中

륙덕온(陆德蕴)

백학 노니는 강섬에 파도가 출렁거리는데
일엽편주로 석양 싣고 지난 적이 있었네.
봄바람 한길엔 궁궁이풀 푸르러가고
봄날의 시름은 리별후에 많아지네.

(원문)
白鹤沙头水自波, 扁舟曾载夕阳过。
东风一路蘼芜绿, 添得春愁别后多。

[이 시는 칠언절구이다. 시인이 사하를 다시 지나며 본 풍경과 감상을 담은 시인데 외롭고 쓸쓸한 분위기이다. 우선 지점을 밝히고 그 지점의 풍경을 묘사하였다. 그리고 나서 궁궁이풀이 무성하게 자

라는 것으로부터 리별후에 더 늘어나는 봄날의 시름을 표현하였다.]

> 작가소개
>
> 륙덕온(1401년—1462년): 명조 때 송강부(松江府) 화정(華亭, 지금의 상해 송강) 사람이고 자는 윤옥(潤玉)이다. 옛글을 좋아했고 박식했으며 시를 잘 썼다. 저서로 ≪몽암집(夢庵集)≫이 있다.

가을 상념
秋思

구준(丘濬)

물이 빠지니 바닥의 조약돌 드러나고
찬 서리에 듬성듬성한 수림에 단풍이 드네.
하늘에서는 끼룩끼룩 기러기 날고
사람은 높은 루대 란간에 기대여 있네.

(원문)
水落浅滩石出, 霜冷疏林叶丹。
天外数声归雁, 人在高楼倚阑。

[이 시는 륙언시로 가을날의 풍경을 보는 듯이 그려보이고 있다. 첫째 구는 소식(蘇軾)의 〈후적벽부(後赤壁賦)〉의 "산은 높고 달은 작은데 물 빠지니 돌 드러나네"에서 따온 것으로 가을의 강물에

치중점을 두어 가을이면 물이 줄면서 돌들이 드러나고 물이 맑아진 다는 것을 표현하고 있다. 둘째 구는 수림에 치중해서 가을서리가 내린 곳에 나무들이 엉성해지고 단풍잎이 붉게 타는 모습을 그려보 이고 있다. 셋째 구에서는 하늘가에 눈길을 돌려 하늘이 높고 공기 가 맑으며 기러기가 남으로 날아가는 장면을 그리였다. 기러기가 난 다는 것은 그 다음을 위한 복선으로 된다. 넷째 구에서는 높이 올라 멀리 바라보는 장면을 그려보이고 있다. 전반 시는 가을의 다양한 모습들을 스케치하면서 짙은 가을 분위기를 연출하고 있고 언어 또 한 생동하고도 형상적이다.]

작가소개

구준(1418년—1495년): 자는 중심(仲深)이고 호는 경대(瓊台) 이며 경주 경산(瓊州瓊山) 사람이다. 경태(景泰) 5년(1454년) 진사 가 되고 한림원 편수(編修)를 거쳐 시강(侍講), 국자제주(國子祭酒) 를 지냈으며 관직이 례부상서에까지 올랐다. 홍치(弘治) 4년(1491 년) 문연각(文淵閣)대학사를 겸하면서 상서로 내각에 들어가 참정을 하였다. 사망후 태부(太傅)로 봉해졌고 문장(文莊)이란 시호를 받았 다. 《경대집(瓊台集)》이 있다.

소경
小景

류태(刘泰)

안개 낀 계곡에는 모래알마저 헤아릴 수 있고
문 열면 보이는 청산은 이내 집이로다.
며칠 가량 정자에 오지 않았더니
봄바람에 자등화가 무더기무더기 피었어라.

(원문)
云溪一带净无沙, 门对青山是我家。
几日不来亭子坐, 东风开过紫藤花。

[이 시는 칠언절구이다. 이미지가 선명하고 알아보기 쉬우며 간결한 시어로 계절의 변화를 그려냄으로써 봄으로부터 인간에 이르는 미세한 변화를 보여주면서 그런 변화 속에서 기쁨에 넘치는 마음

을 표현하고 있다. 첫 두구에서는 장소를 밝혀주어 고즈넉한 전원풍경을 연출해내고 있으며 안개가 감돌아 흐르는 맑은 시내물과 문을 열면 보이는 소소리높이 솟은 청산을 묘사하고 있다. 끝 두구에서는 며칠 오지 않은 사이 정자 옆 자등화가 무더기 피여난 것을 보고 봄이 세상에 왔다는 기쁨에 찬 마음을 보여주고 있다. 이 시는 이미지들이 살아 움직이고 있으며 '내'가 자연스레 시경 속에 용해되면서 보다 많은 정감을 표출하고 있다.]

작가소개

류태(1414년—?): 자는 사형(士亨)이고 전당(錢塘, 오늘의 절강 항주) 사람이다. 배우기를 즐기고 유람을 다니며 시를 지었는데 시가 절창이여서 사람들은 그의 시를 앞다투어 베껴가군 하였다. 정덕(正德)년간에 은둔생활을 고집했다. 《국장(菊莊)》, 《만향(晩香)》 등 작품이 있다.

호릉성
胡陵城

장필(张弼)

초한(楚漢)의 영웅들은 세월 따라 사라지고
황량한 보루들만 세파 속에 서있어라.
창검과 군마들이 어지러이 다투던 곳
이제는 농부들이 밭을 일궈 다루더라.

(원문)
汉楚英雄逝水东, 萧萧荒垒几秋风?
金戈铁马酣争地, 付与寻常负耒翁。

[이 시는 칠언절구이다. 호릉성(胡陵城)은 옛 고장 이름으로 한 고조 류방(劉邦)이 군사를 일으킨 곳이기도 하다. 송조에 들어서 허물어졌고 금조는 호릉의 폐허 우에 천추성(千秋城)을 건설했고 원조

에서는 이를 풍호사(馮胡社)라 부르고 명조 때는 사하역(沙河驛)이라 불렀다. 옛 성터 유적지는 오늘의 강소성 패현(沛縣) 룡고진(龍固鎭) 동북부에 있다. 이 시의 앞 두구에서는 고대 전쟁터를 지나면서 본 옛 성터에 대해 묘사하면서 당시의 초한(楚漢) 영웅들은 벌써 력사의 뒤안길로 사라지고 이제는 다만 황량한 들판에 옛 보루들만 우뚝 서서 묵묵히 가을바람과 맞서고 있다면서 개탄하고 있다. 뒤의 두구에서는 당년 이 곳이 군사요충지여서 처절한 싸움이 벌어졌다는 것을 상기시키면서 전쟁의 참혹함을 보여주었다. 그러나 이제는 농부가 농기구로 밭을 다룬다고 묘사함으로써 상전벽해의 변화에 대해 감개무량해하고 있다.]

작가소개

장필(1425년—1487년): 자는 여필(汝弼)이고 호는 동해(東海)이며 명조 송강부화정(松江府華亭, 오늘의 상해 송강) 사람이다. 성화(成化) 2년(1466년) 진사에 급제했고 오래동안 병부랑(兵部郎)을 지내면서 바른소리 잘하기로 이름났다. 남안지부(南安知府)에 있으면서 물욕을 절제했으므로 민심을 크게 얻었다. 초서에 능하고 시문에 밝았으며 스스로는 서예는 시에 미치지 못하고 시는 문장에 미치지 못했다고 했다. 《학성고(鶴城稿)》, 《동해집(東海集)》 등 저서가 있다.

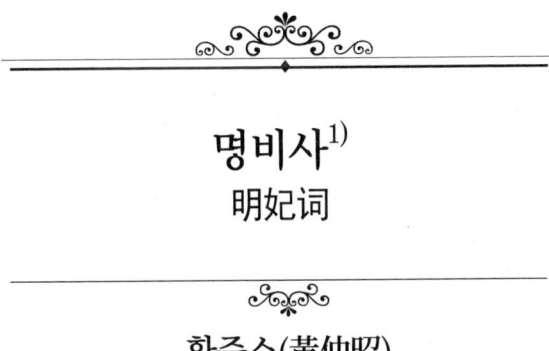

명비사[1]
明妃词

황중소(黃仲昭)

바람 불어 온통 모래가 흩날리니

어디를 바라봐야 중화땅이드뇨?

화공이 내 화상 잘못 그릴 줄 일찍 알았더라면[2]

무산(巫山)[3]의 백성 집에 시집 갈 걸 그랬네.

(원문)

风起遥天满面沙, 举头何处望中华?

---

1) '명비(明妃)'는 한원제(漢元帝) 시기 궁인인 왕장(王嬙)으로 자가 소군(昭君)인데 진나라 문제 사마소(司馬昭) 이름자와 겹치는 것을 기휘하여 자를 '명군(明君)'이라 고쳤고 후세사람들은 '명비'라고 불렀다.
2) 전하는 데 의하면 한원제가 화공 모연수(毛延壽)한테 명하여 궁녀들의 화상을 그려 놓고 그 화상을 보고 그중 이쁜 궁녀를 만나군 했는데 왕소군은 모연수한테 돈을 찔러주지 않아 모연수가 일부러 밉게 그렸으므로 황제를 만날 수 없었다고 함.
3) 무산(巫山): 고장 이름. 오늘의 중경시에 속함. 왕소군의 고향 자귀(秭歸)가 바로 이 무산과 가까움.

早知身被丹青误，但嫁巫山百姓家。

[이 시는 칠언절구로 '사(沙)', '화(華)', '가(家)'로 압운을 하고 있다. '왕소군의 화친'은 력대로 내려오며 문학의 중요한 소재로 다루어졌다. 주로 왕소군에 대한 동정이 많지만 왕안석(王安石)처럼 상반되는 견해들도 있었다. 앞의 두구에서는 왕소군이 화친을 위해 서역으로 향하는 도중 광풍이 몰아치며 모래가 흩날리면서 중원땅을 더는 볼 수 없게 된 상황으로부터 비감한 정서를 표출하고 있으며 뒤의 두구에서 소군의 비애를 표현함으로써 화공이 추하게 그려주어 한원제의 총애를 받지 못하게 될 줄 일찍 알았더라면, 그리고 이렇게 부득불 화친정책으로 서역으로 가게 될 줄 알았더라면 무산의 백성한테나 시집 갔을 것이라는 원망을 토로하고 있다.]

작가소개

황중소(1435년—1508년): 이름은 잠(潛)이고 호는 퇴암거사(退岩居士)이며 복건 부전(莆田) 사람이다. 성화(成化) 2년(1466년) 진사가 되고 편수에 임용되였으나 직언이 화가 되여 상담지현(湘潭知縣)으로 좌천되였다가 남경 대리평사(大理評事)를 거쳐 나중에 관직이 강서 제학첨사(提學僉事)에 이르렀다. 후에는 관직을 내놓고 고향에 돌아가 저술을 쓰는 것으로 나날을 보냈으므로 모두들 그를 미헌선생(未軒先生)이라 불렀다. 저서로 《미헌집(未軒集)》, 《팔민통지(八閩通志)》 등이 있다.

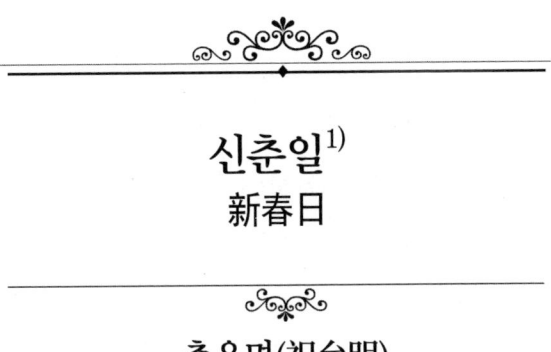

신춘일[1)
新春日

축윤명(祝允明)

새벽녘에 매화가 피어나니
봄기운이 그대로 초가집을 감싸네.
피는 꽃 아래 술과 더불어 음풍영월하니
이것이 곧 서생의 가장 즐거운 시간일세.

(원문)
拂旦梅花发一枝, 融融春气到茅茨。
有花有酒有吟咏, 便是书生富贵时。

[이 시는 칠언절구로 계축(癸丑)년 동지달 21일 립춘날에 쓴 시이다. 앞 두구에서는 새봄이 찾아와 해빛 찬란한 가운데 시인은 이

---

1) 신춘(新春)은 이른봄이다. 원문 주해에는 '동지달 21일'로 되여있다.

른아침 피여난 매화꽃을 발견하게 되고 그리하여 갑자기 초가집에도 따스한 봄기운이 감돈다고 표현하고 있다. 뒤 두구에서는 봄을 맞은 시인의 상쾌한 기분을 그대로 드러내보이면서 꽃이 피였으니 감상할 수 있고 술이 있으니 마실 수 있으며 시가 있으니 읊을 수 있다고 하면서 아주 만족된 감정을 보여주고 그것이 바로 인생의 가장 큰 락이라고 읊조리고 있다.]

작가소개

축윤명(1460년—1527년): 자는 희철(希哲)이고 호는 기산(枝山)이며 소주부 장주(蘇州府長洲) 사람이다. 홍치(弘治) 5년(1492년) 거인으로 급제한 후 광동 흥녕지현(興寧知縣)에 부임되였고 응천부 통판(應天府通判)으로 지내다가 병으로 관직을 내놓고 귀향한다. 축윤명은 당인(唐寅), 문징명(文徵明), 서정경(徐禎卿) 등과 더불어 '오중사재자(吳中四才子)'로 불리운다. 그는 시문에 능하고 서법에도 조예가 깊다. 저서로는 《회성당집(懷星堂集)》이 있다.

도화암의 노래
桃花庵歌

당인(唐寅)

복사꽃 마을 안에 복사암이 있고
복사암 안에 복사꽃 신선이 사네.
복사꽃 신선은 복사나무 심어놓고는
복사꽃을 따가지고 가서 술 살 돈 마련하네.
술이 깨면 오직 꽃 앞에만 앉아있고
술이 취하면 돌아와서 꽃 밑에서 잔다네.
반은 취하고 반은 깨여서 하루 또 하루를 보내고
꽃은 졌다가 다시 피기를 한해 또 한해를 거듭한다네.
오로지 바라는 건 꽃과 술과 어울리다가 죽는 것일 뿐
권귀의 거마 앞에 허리 굽혀 굽신대지 않으리라.
수레 먼지나 말발굽은 부자들의 취향이고
술잔과 꽃가지는 가난한 자들의 벗일세.

부하고 출세한 자들과 가난한 사람들을 견주어 본다면
한쪽은 땅바닥에 있고 한쪽은 하늘 우에 있는 것이지.
가난하고 천한 것과 수레와 말을 모는 것을 견주어 본다면
저들은 바삐 쫓아다니지만 우리는 한가히 지내고 있지.
딴 사람들은 내가 무척 미쳤다고 비웃지만
나는 그들이 제대로 보지 못한다고 비웃고 있다네.
귀족과 호걸들의 무덤을 보지 못하는가?
꽃도 없고 술도 없이 갈려서 밭이 되여있는 것을!

(원문)
桃花坞(wù)里桃花庵, 桃花庵里桃花仙。
桃花仙人种桃树, 又摘桃花换酒钱。
酒醒只在花前坐, 酒醉还来花下眠。
半醒半醉日复日, 花落花开年复年。
但愿老死花酒间, 不愿鞠躬车马前。
车尘马足富者趣, 酒盏花枝贫贱缘。
若将富贵比贫者, 一在平地一在天。
若将贫贱比车马, 他得驱驰我得闲。
别人笑我忒疯癫, 我笑他人看不穿。
不见五陵豪杰墓, 无花无酒锄做田。

[이 시는 칠언고시이다. 당인은 도화오(桃花坞)에 집을 지었는데 도화암(桃花庵)이라고 하였다. 당인은 이 시에서 스스로 도화선

인을 자처하면서 "오로지 바라는 건 꽃과 술과 어울리다가 죽는 것일 뿐 / 권귀의 거마 앞에 허리 굽혀 굽신대지 않으리라."는 인생 자세를 표현하면서 '풍류재자'로서의 당인의 면모를 잘 보여주고 있다. 시의 표현도 통속적이면서도 아무런 꾸밈이 없이 있는 그대로이다. 자유를 추구하고 인간 개체의 생명가치를 추구한 시라고도 할 수 있다.]

작가소개

당인(1470년－1523년): 자는 백호(伯虎), 호는 륙여거사(六如居士), 도화암주(桃花庵主)이며 오현(吳縣, 지금의 강소 소주) 사람이다. 전하는 바로는 당인은 경인년 인월 인일 인시에 태여났다고 하여 이름을 인(寅)이라고 지었다고 한다. 세상을 업신여기며 불손한 태도를 취하며 살았고 재능이 출중하여 시문을 잘 지었고 서화에 뛰여났다. 심석전(沈石田), 문징명(文徵明), 구영(仇英)과 함께 '명조 4대재자'로 불린다. 저서로 《륙여거사집(六如居士集)》이 있다.

밤에 룡담가에 앉아
龙潭夜坐

왕수인(王守仁)

어디서 온 밤꽃의 향기 이리도 맑은가
석림과 초가 사이로 시내가 졸졸 흐르네.
은둔자는 달 뜨면 매번 홀로 다니는데
텅 빈 산엔 이따금 까마귀소리 들리네.
짚신은 이슬에 젖어도 걱정될 리 없고
솔바람은 유독 칡베옷을 좋아하네.
물가에서 〈의란조(猗蘭操)〉[1]를 탁마하니
강남 강북이 모두 정겹기만 하네.

(원문)
何处花香入夜清, 石林茅屋隔溪声。

---

1) 〈의란조(猗蘭操)〉: 〈유란조(幽蘭操)〉라고도 함. 거문고 곡임.

幽人月出每孤往，栖鸟山空时一鸣。

草露不辞芒屦(jù)湿，松风偏与葛(gé)衣轻。

临流欲写《猗(yī)兰》意，江北江南无限情。

[이 시는 정덕(正德) 9년(1514년) 봄에 시인이 저주(滁州)에서 지은 시이다. 당시 나이 43세인 시인은 이에 앞서 정덕 8년에 남경태복시소경(南京太仆寺少卿)이 되여 공무로 저주에 가군 하였는데 여가에 친구들과 함께 당지 명승인 랑야산(琅琊山), 룡담(龍潭) 등을 유람하면서 학문을 토론하고 상호 격려하기도 하면서 유쾌하게 지냈다. 이 시는 바로 당시의 이런 심정을 반영하고 있다.]

작가소개

왕수인(1472년-1529년): 명조의 사대부, 사상가, 군사가, 문학가, 교육가임. 이름은 수인(守仁)이고 본명은 왕운(王雲), 자는 백안(伯安), 호는 양명(陽明) 또한 락산거사(樂山居士)라고도 하였다. 절강 여요(余姚) 사람으로서 명필 왕희지(王羲之)의 후예이고 남경리부상서(南京吏部尚書) 왕화(王華)의 아들이다. 명효종(明孝宗) 홍치(弘治) 12년(1499년)에 진사급제하고 효종, 무종, 세종 3조에 걸쳐 벼슬을 하였으며 형부주사(刑部主事)로부터 시작하여 귀주룡장역승(貴州龍場驛丞), 려릉지현(廬陵知縣), 우첨도어사(右僉都禦史), 남감순무(南贛巡撫), 량광총독(兩廣總督) 등 관직을 력임하였고 남감, 량광의 도적의 란과 신호(宸濠)의 란을 진압하였으며 그 공으로 신건백(新建伯)에 봉해졌다. 만년에는 남경병부상서(南京兵部

尚書), 좌도어사(左都禦史) 등 관직에 있다가 가정(嘉靖) 7년(1529년)에 57세를 일기로 사망하였고 사망후 '문성(文成)'이라는 시호가 내려졌다. 만력 12년(1584년)부터는 문묘에 배향하게 되였다. 왕수인은 양명학의 주창자이다. 처음에는 주자학에 심취했고 신선술 공부를 하기도 했다. 후에 와서 주자의 리론이 잘못된 것을 깨닫고 스스로 자기의 리론을 세워 나갔으며 드디여 양명학의 기초를 세웠다. 그는 '심즉리(心即理)'라는 명제를 내놓고 '지행합일설(知行合一說)' 및 '치량지설(致良知說)'을 주장하였다. 저서에 ≪왕문성전서(王文成全書)≫가 있다.

바다 우에서
泛海

왕수인(王守仁)

험하고 평탄한 것 본시 가슴 속에 두지 않으니
구름 타고 공중을 나는 것과 무엇이 다른가?
밤은 고요한데 바다 물결은 널리 끝없이 출렁이고
달은 밝은데 하늘의 바람 따라 노니네.

(원문)
险夷原不滞胸中，何异浮云过太空。
夜静海涛三万里，月明飞锡下天风。

[이 시는 칠언절구이다. 바다가 넓고 험난한 것처럼 인간세상도

간난곡절로 가득차 있지만 왕양명은 그러한 것에 대해서는 안중에도 없는 흉금이 넓은 대인이였다. 이 시는 바로 그의 견정불굴의 품성과 두려움 모르는 기개를 나타낸 작품이다.]

하구에서 밤에 묵고 벗과 작별하며
夏口夜泊別友人

리몽양(李梦阳)

황학루(黃鶴樓)¹⁾ 앞으로 저녁해 뉘엿뉘엿 져가고
한양성(漢陽城)²⁾ 나무에 까마귀들 요란히 지저귀누나.
외로운 배는 동쪽으로 가는 벗을 싣고 밤에 정박해 있네
사품치는 장강아 왜 서쪽으로 흘러주지 않는 거냐.

(원문)
黄鹤楼前日欲低, 汉阳城树乱乌啼。
孤舟夜泊东游客, 恨杀长江不向西。

[하구(夏口)는 한수(漢水)가 장강으로 흘러드는 입구에 있는데

---

1) 황학루(黃鶴樓): 호북 무한시(武漢市) 무창(武昌)지역 장강가의 사산(蛇山) 우에 지은 정자.
2) 한양성(漢陽城): 호북 무한시의 한양을 가리킴.

보통 한수의 하류를 하수라 부르기에 하구라고 하였다. 바로 지금의 호북성 무한의 한구지역이다. 이 시는 칠언절구이다. 명무종(明武宗) 정덕(正德) 6년(1511년) 리몽양은 강서성 제학부사(提學副使)로 부임되여 가던 중 한구를 지나면서 하구에서 벗과 작별하게 된다. 그는 당시의 감수로 이 시를 쓰게 되였다. 시는 앞의 두구에서는 지점과 시간을 밝히고 뒤의 두구에서는 리별을 아쉬워하며 장강물이 서쪽으로 흘러가주지 않는 것을 원망하고 있다. 얼핏 보면 세상 리치에 맞지 않는 듯하나 이는 인간의 감정에는 지극히 어울리는 것으로 시인이 벗과의 리별을 아쉬워하는 심정을 유감없이 드러내고 있다. 전반 시는 진솔한 감정이 흘러넘치고 시어들 또한 참신하고도 독특하다.]

작가소개

리몽양(1447년—1516년): 명조 중기의 대신이고 문학가임. 자는 빈지(賓之)이고 호는 서애(西涯)이며 호광 다릉(湖廣茶陵, 오늘의 호남 다릉) 사람이다. 저서로는 《회록당집(懷麓堂集)》 등이 있다.

태산
泰山

리몽양(李梦阳)

굽어보니 제로(齊魯)¹⁾가 분별되지 않고²⁾

동쪽을 바라보니 바다는 술잔과도 같구나.

문득 한 봉우리 우에 올라서니

뜻밖에도 뭇산들이 벌려져 있네.

해는 부상(扶桑)³⁾을 안고 솟아오르고

하늘가에는 갈석산(碣石山)⁴⁾이 비껴있구나.

---

1) 제로(齊魯): 전국시기의 제나라와 로나라 두 제후국을 아울러 이르는 말. 지금의 산동지역임.
2) 《맹자·진심상(孟子·盡心上)》에 "공자께서 동산에 올라가 보시고 로나라가 작다고 하셨으며 태산에 올라가 보시고 천하가 작다고 하셨다(孔子登東山而小魯，登泰山而小天下)."라는 구절이 있음.
3) 부상(扶桑): 해가 뜨는 동쪽 바다 속에 있다고 하는 상상의 나무를 가리킴.
4) 갈석산(碣石山): 하북성 창려현(昌黎縣) 현성 북쪽에 있는 산. 연산(燕山)산맥의 줄기로 주봉 선대정(仙臺頂)이 발해 해안을 의지한 산 가운데 가장 높은 봉우리임. 207년 조조가 오환(烏桓)을 정벌하고 개선하면서 이 곳에 이르러 "동쪽으로 갈석에 이르러 푸른 바다를 바라보네(東臨碣石, 以觀滄海)."라며 자신의 감정을 토로하였음.

그대 보게나, 진시황 뒤에도
다시 한무제가 비석을 세운 것을.

(원문)
俯首无齐鲁，东瞻海似杯。
斗然一峰上，不信万山开。
日抱扶桑跃，天横碣石来。
君看秦始后，仍有汉皇台。

[태산은 일명 대종(岱宗), 태대(泰岱)라고도 하며 오악(五嶽)의 으뜸으로서 산동 태안 경내에 있다. 이 시는 태산의 경치와 력사문화 특점을 살리면서 필봉을 휘둘러 웅장한 기세와 숭엄한 정감으로 찬미하고 있다. 이 시는 장려한 조국 산천에 대한 시인의 무한한 사랑을 표현하였는바 두보(杜甫) 이후 태산을 노래한 시중에서도 절창으로 평가받고 있다.]

상아[1]
嫦娥

변공(边贡)

월궁의 가을 차거워 계수나무 움츠려 있지만
해해년년 꽃 피면 혼자서 스스로 바라오른다네.
인간세상에서 모두들 천상세계 말하지만
천상에서는 인간세상 기억하고 있는지 모르겠네.

(원문)
月宫秋冷桂团团, 岁岁花开只自攀。
共在人间说天上, 不知天上忆人间。

[이 시는 칠언절구이다. 이 시는 상아를 읊은 시들 중에서 번안

---

1) 상아(嫦娥)는 일명 '항아'라고도 하는데 중국 신화에 나오는 달 속의 녀신이다. 《회남자·람명훈(淮南子·覽冥訓)》에는 "예가 서왕모에게서 불사약을 구했는데 항아(姮娥)가 그것을 훔쳐먹고 달로 달아났다"라는 대목이 있다.

에 가까운 시이다. 첫 두구는 다른 시인들처럼 상아의 아름다움이나 월궁의 표묘한 것을 찬미한 것과는 반대로 상아가 처한 적막하고 랭랭한 환경을 묘사하면서 거기서 혼자 사는 처지를 묘사하였고 뒤의 두구는 시인이 진정 표현하려던 뜻이 깃들어있는 구절로서 이에 작자가 스스로 주해를 달기를 "때가 바로 장인 호관찰 사정이 가거하고 있기에 이 시를 부치여 서로 마음을 통하고 위로를 드리려고 하였다."라고 한 것처럼 보통사람들은 상아를 부러워하지만 상아는 되려 인간세상 대단원을 부러워한다는 것을 보여주었다. 그러면서 벼슬에서 물러나 가거하는 장인을 위안하면서 사람들은 높은 지위를 가진 사람을 부러워하지만 높은 지위에 있는 당자는 처지가 그만큼 외롭고 고단하기 때문에 벼슬을 내놓고 은거하여 사는 것이 더 편안하고 자유롭다는 것을 알려준 시이다.]

작가소개

변공(1476년－1532년): 자는 정실(廷實), 호는 화천(華泉)이며 산동 력성(曆城) 사람이다. 홍치(弘治) 9년(1496년)에 진사가 되고 가정(嘉靖) 때에는 남경 호부상서(戶部尚書)를 지냈다. 경사에 남아 관리질을 오래하였건만 별로 실적이 없이 맨날 유람하며 놀러만 다니다나니 탄핵을 당해 고향에 돌아갔다. 장서를 좋아하고 금석고문을 수집하기를 즐겼는데 하루저녁 불이 나는 바람에 전부 타버리고 말았다. 이에 병이 더치여 사망하였다. 변공은 시문을 잘 지었는데 글 풍격이 완약(婉約)하여 리몽양(李夢陽), 하경명(何景明) 등과 더불어 '전칠자(前七子)'로 불리였다. 작품집으로 《화천집(華泉集)》이 있다.

무창에서 지음
在武昌作

서정경(徐禎卿)

동정호(洞庭湖)¹⁾가엔 나무잎들 아직 지지 않았는데
소상강(瀟湘江)²⁾엔 시나브로 가을이 찾아오는구나.
려관에서 추적추적 내리는 밤비소리 들으며
나 홀로 무창성(武昌城)³⁾에 와 누워있네.
자꾸 떠오르는 고향이 사무치게 그리워라
강한(江漢)⁴⁾ 나그네 마음 쓸쓸하기만 하네.
하늘가 저 멀리 날아가는 기러기는
무슨 까닭에 먼길 가는 것을 즐기는가?

---

1) 동정호(洞庭湖): 장강 중류에 있는 호수임. 호남성 북부에 위치해 있음.
2) 소상강(瀟湘江): 호남 동정호 남쪽에 있는 소강(瀟江)과 상강(湘江)을 아울러 이르는 이름.
3) 무창성(武昌城): 지금의 호북 무한시(武漢市) 무창진(武昌鎭)임.
4) 강한(江漢): 장강과 한강(漢江)을 아울러 이르는 말. 시인은 그 때 이 지방을 려행하고 있었음.

(원문)

洞庭叶未下，潇湘秋欲生。

高斋今夜雨，独卧武昌城。

重以桑梓(zǐ)念，凄其江汉情。

不知天外雁，何事乐长征？

[이 시는 시인이 무창에 객거하고 있을 때 바로 소슬한 가을철이여서 고향에 대한 그리움이 북받쳐 쓴 오언률시이다. 맑고도 애틋한 서정이 느껴지는 작품이다.]

작가소개

서정경(1479년—1511년): 명조의 문학가임. 자는 창곡(昌穀) 또는 창국(昌國)이며 오현(吳縣) 사람이다. 진사가 된 뒤 국자감박사(國子監博士)를 지냈지만 33세의 젊은 나이에 사망하였다. '오중시관(吳中詩冠)'이라는 평가를 받았으며 '강남사대재자(江南四大才子)'중의 한 사람으로 일찍부터 재사로 알려졌다. 작품집으로 《적공집(迪功集)》이 있다.

망지에게 답함
答望之

하경명(何景明)

당신께 보낼 편지 닿지 못할가 걱정되여
루대에 올라가 바라보니 사방이 헛갈리네.
차거운 하늘에 외기러기 날아오는데
해가 저무니 쉬지 않고 가면서 우네.
흉년이 들어 도적떼들 많아지고
세금은 과부들에게도 빠짐없이 거둬 들이누나.
세상형편이 더욱 흉흉하고 못해가니
어디로 가야 편히 살 수 있을가?

(원문)
念汝书难达, 登楼望欲迷。
天寒一雁至, 日暮万行啼。

饥馑饶群盗，征求及寡妻。
江湖更摇落，何处可安栖？

[망지(望之)는 시인의 친구이자 자부(姊夫)인 맹양(孟洋)의 자이다. 이 시는 맹양의 편지에 답장 삼아 쓴 시인데 편지의 안부보다도 혼란한 세상을 걱정하는 것이 반영되여있다.]

작가소개

하경명(1483년—1521년): 자는 중묵(仲默), 호는 대복산인(大復山人), 하남 신양(信陽) 사람이다. 홍치(弘治) 15년(1502년)에 진사에 합격하여 중서사인(中書舍人)이 된 후 정덕(正德) 초기에 권세를 휘두르던 환관 류근(劉瑾)을 탄핵하다가 관직에서 쫓겨났다. 후에 류근이 처형된 뒤 복직되여 벼슬이 섬서제학부사(陝西提學副使)에까지 올랐다. 문학에서 그는 리몽양과 함께 '전칠자(前七子)' 중의 한 사람으로 문단을 령도하였고 "문장은 반드시 진한(秦漢)을 본받고 시는 반드시 성당(盛唐)을 본받아야 한다(文必秦漢, 詩必盛唐)"고 주장하였다. 작품집으로 《대복집(大復集)》, 《옹대기(雍大記)》, 《사잠잡언(四箴雜言)》이 있다.

금사강에 묵으면서
宿金沙江

양신(楊愼)

당년에 가릉강(嘉陵江)¹⁾ 반에 묵으면서
역루(驛樓)²⁾의 동쪽 란간 기대여 서있었네.
강물소리 장밤 리별의 애수를 휘저어놓고
중천에 걸린 달은 홀로 고즈넉이 비추고 있었지.
흩날리는 장기(瘴氣)³⁾를 어이 알소냐만
가릉강에서 묵을 때 강물만 유유히 흘렀네.
강물소리 달빛이 무슨 말을 할소냐만

---

1) 가릉강(嘉陵江): 강 이름. 장강의 지류임. 섬서성(陝西省) 봉현(鳳縣)에서 시작하여 남쪽으로 흘러 파현(巴縣)에서 장강에 합류함.
2) 역루(驛樓): 역참에 세운 층루. 《대명일통지(大明一統志)》에 "가릉역은 광원현 서쪽 2리에 있다(嘉陵驛, 在廣元縣西二裡)."고 하였음. 양신은 북상하여 경사로 과거보러 갈 때 이 곳을 들렸음.
3) 장기(瘴氣): 축축하고 더운 땅에서 생기는 독한 기운.

만리 밖 금사강(金沙江)¹⁾이 애간장 타게 하누나.

(원문)
往年曾向嘉陵宿，驿楼东畔阑干曲。
江声彻夜搅离愁，月色中天照幽独。
岂意飘零瘴(zhàng)海头，嘉陵回首转悠悠。
江声月色那(nǎ)堪说，断肠金沙万里楼。

[이 칠언고시는 시인이 사천과 운남을 오갈 때 지은 것이다. 앞의 4구는 이전에 북상할 때 가릉 역루에서 밤에 묵던 정경을 쓴 것이고 뒤의 4구는 시인이 운남으로 가는 정경을 쓴 것이다. 과거와 현실을 대비하는 수법을 써서 같은 지점이나 시공이 다른 것을 달빛, 강물 두 이미지를 통하여 교묘하게 표달하였는바 인물묘사와 경물묘사를 하나로 융합하여 독특한 시적 경지를 만들어냈다.]

작가소개

양신(1488년―1539년): 자는 용수(用修), 호는 승암(升庵)이고 신도(新都, 지금의 사천성에 속함) 사람이다. 명무종(明武宗) 정덕(正德) 6년(1511년)에 진사에 급제하고 한림수찬(翰林修撰)을 제수받았다. 가정년간에 세종의 노여움을 사 곤장을 맞은 다음 멀리 운남(雲南) 영창위(永昌衛, 지금의 보산)로 귀양을 갔고 거기서 30여년을 지내다

---

1) 금사강(金沙江): 강 이름. 장강 상류 이름임. 사천 서부에서 운남 북부로 흘러들었다가 다시 동북으로 흘러 사천 의빈(宜賓)에서 민강(岷江)과 합류함.

가 그 곳에서 죽었다. 그후 천계(天啓)년간에 '문헌(文憲)'이라는 시호가 내려졌다. 양신은 학문이 해박하고 많은 저술을 남겼다. 문집으로 《승암시문집(升庵詩文集)》, 《승암시화(升庵詩話)》 등이 있다.

새상곡
塞上曲

사진(谢榛)

백등성(白登城)¹⁾ 성 우엔 무서리 내려 처량하고

흑수하(黑水河)²⁾ 강변엔 저녁 기러기 낮게 나네.

아직도 기억나는가, 가을밤 밝은 달 아래

호가(胡笳)소리 칠릉(七陵)³⁾ 서편으로 넘어가던 것을.

(원문)

白登城上早霜凄, 黑水河边暮雁低。

---

1) 백등성(白登城): 소백등산(小白登山)이라고도 하는데 지금의 마포산(馬鋪山)임. 산서 대동(大同)성 동쪽 10리 되는 곳에 있음.
2) 흑수하(黑水河): 청조의 고조우(顧祖禹)가 편찬한 《독사방여기요(讀史方輿紀要)》 권50 섬서편에 한중(漢中)의 포수(褒水)가 바로 흑수라고 명확히 기재한 것이 있음.
3) 칠릉(七陵): 서한(西漢) 일곱 황제의 릉묘. 즉 선제(宣帝)가 묻힌 두릉(杜陵), 문제(文帝)가 묻힌 패릉(霸陵), 고제(高帝)가 묻힌 장릉(長陵), 혜제(惠帝)가 묻힌 안릉(安陵), 경제(景帝)가 묻힌 양릉(陽陵), 무제(武帝)가 묻힌 무릉(茂陵), 소제(昭帝)가 묻힌 평릉(平陵)을 아울러 '칠릉(七陵)'이라고 함.

还忆去秋明月下，胡笳吹过七陵西。

[이 시는 칠언절구이다. 〈새상곡〉은 옛 악부(樂府) 〈횡취곡(橫吹曲)〉에 속하는 악곡 이름이다.]

작가소개

사진(1495년－1575년): 명조의 문학가임. 자는 무진(茂秦), 호는 사명산인(四溟山人) 또는 탈시산인(脱屣山人)이며 산동 림청(臨清) 사람이다. 포의 시인으로서 리반룡, 왕세정 등과 함께 문학복고운동을 창도하였으며 '후칠자(后七子)'로 불렸으며 뒤에 리반룡의 배척을 받자 편지를 보내고 절교하였다. 시론을 나름 대로 완벽하게 주장한 '후칠자'의 수령인물이다. 일생동안 사방을 돌아다녔으며 벼슬길에 나서지 않았다. 그의 시에는 높은 기개가 느껴진다. 작품집으로 ≪사명집(四溟集)≫, ≪사명시화(四溟詩話)≫ 등이 있다.

옛날을 그리며
感旧

주왈번(朱曰藩)

북풍에 눈 날리고 강성에 어둠이 깃드니
세모의 마음들 어우러져 한자리에 모였네.
술상에서 가락 한번 넘기려니
비파는 리별을 서러워 우는가.

(원문)
北风吹雪暗江城，岁暮天涯共此情。
试向尊前弹一曲，琵琶犹是别来声。

[이 시는 칠언절구이다. 이 시는 감상적인 시로서 세모의 정감을 그대로 나타내고 있다. 앞 두구에서는 세모를 맞아 북풍이 눈보라를 몰아오고 강성은 어둠에 잠겼다고 묘사하면서 멀리에 있는 벗

도 아마 이와 같은 감수이리라고 한다. 뒤 두구에서 적막한 분위기를 달래려고 한곡 타려고 하니 마치 리별할 때의 정경과도 흡사하다고 한다. 벗에 대한 그리움과 리별의 아쉬운 감정을 드러내고 있다.]

작가소개

주왈번(1501년—1561년): 자는 자개(子價)이고 호는 사파(射陂)이며 보응(寶應, 지금의 강소 보릉현) 사람이다. 가정(嘉靖) 23년(1544년)에 진사로 되고 구강지부(九江知府) 벼슬을 지냈다. 박학다식하였고 문장을 잘 짓기로 이름이 났다. 저작으로 《산대각집(山帶閣集)》 33권이 있다.

갑인년 시월 기사
甲寅十月纪事

귀유광(归有光)

전란의 재해를 겪고 나자
강변 마을 모두가 초토가 되었네.
길 어디에나 승냥이와 이리 발자국
어느 집인들 닭이나 개가 남아있겠는가?
대낮에도 차가운 바람 불고
저녁 무렵 되면 도깨비불 어지럽네.
무엇 때문에 세금 거두는 관리들은
여전히 다시 문앞으로 오는가?

(원문)
经过兵燹(xiǎn)后, 焦土遍江村。
满道豺狼迹, 谁家鸡犬存?

寒风吹白日，鬼火乱黄昏。

何自征科吏，犹然复到门？

[여기 나오는 갑인년(甲寅年)은 가정 33년(1554년)을 말한다. 이 해 정월에서부터 8월에 이르기까지 왜구(倭寇)가 여러차례 강소, 절강 지역을 침략하여 략탈을 자행하였다. 이 시는 왜구가 중국 연해지역에 끼친 해악을 잘 묘사하고 있다. 왜구의 략탈로 황페화되였는데도 관리들이 악착같이 들이닥쳐 세금을 걸으려 하는 것을 쓰면서 '가정맹어호(苛政猛于虎)'의 참경을 비분에 차서 적발하고 견책하였다.]

작가소개

귀유광(1506년—1571년): 명조 중기의 산문가이며 관리임. 자는 희보(熙甫)이고 호는 진천(震川)이며 곤산(昆山, 지금의 강소성 곤산) 사람이다. 9세에 글을 지을 줄 알았다고 한다. 가정(嘉靖) 19년(1540년)에 거인이 되고 그 뒤로는 20여년 회시(會試)에 붙지 못했던 바 공명길이 별로 여의치 못했다. 이에 그는 은퇴하여 가정(嘉定)의 안정강(安亭江)에서 독서, 강의하고 글을 지으면서 20여년을 보냈다. 60세에 이르러서야 비로소 진사에 급제했다. 그는 선후로 장흥지현(長興知縣), 순덕부통판(順德府通判), 남경태복사승(南京太仆寺丞) 등 벼슬을 하였다. 그는 왕신중(王慎中), 모곤(茅坤), 당순지(唐順之) 등과 함께 의고(擬古)를 반대하고 당송(唐宋)고문을 숭상했으므로 문학사에서 이들을 '당송파(唐宋派)'라 지칭한다. 귀유광은 '당송파' 산문에서 성과가 가장 높은 작가이다. 그는 글은 진실한 감정을 써야 한다고 주장했다. 그의 산문은 세부묘사에 능란하고 실감을 주며 풍격은 평이하고 자연스러우며 담박하고 청신하다. 하지만 제재가 협소한바 가정의 자질구레한 일을 많이 썼다. 후인들로부터 그의 산문은 "명문(明文)의 으뜸"으로 평가받았고 당순지, 왕신중과 함께 '가정삼대가(嘉靖三大家)'로 자리를 굳히기도 하였다. 저서로 《진천선생집(震川先生集)》, 《삼오수리록(三吳水利錄)》이 있다.

남으로 돌아가는 주자를 바래며
送朱子南还

심련(沈炼)

십년을 하루같이 북경에서 보냈소
꿈엔들 집이 그립지 아니했겠소?
달은 약야계(若耶溪)[1]를 예이제없이 비추고
비로소 버들꽃 보며 그리움만 더하오.

(원문)
十年辛苦在京华, 梦里何时不见家?
一照若耶溪畔月, 始知杨柳隔天涯。

[이 시는 칠언절구로 송별을 읊은 시이다. 전 2구에서는 시인이

---

1) 약야계(若耶溪): 시내물 이름. 절강 소흥 약야산(若耶山)에서 북으로 흘러 운하에 흘러듦.

북경에 머물면서 10여년간 밤마다 고향을 그리는 마음을 썼고 후 2구에서는 약야계를 비추는 달을 보고서야 비로소 꿈에서 깨어나 밤마다 그리던 고향이 뜻밖에도 천애지각 떨어져 있음을 자각하고 있다. 이 시는 송별을 빌어 고향에 대한 상념을 읊조리고 있다.]

작가소개

심련(1507년—1557년): 자는 순보(純甫), 호는 청하(青霞), 회계(會稽, 지금의 절강 소흥) 사람이다. 가정 17년(1538년)에 진사가 되었다. 성격이 강직하여 악덕을 그대로 넘어가지 못하는 성격이다. 알탄 칸(俺答)이 북경을 침범하고 나서 물러가자 심련은 엄숭(嚴嵩)의 10대 죄상을 상소했다가 곤장 40대를 맞고 보안(保安)으로 쫓겨갔다. 나중에 엄숭의 무함을 받아 살해되었다. 엄숭이 처단된 후 '충민(忠潛)'이라는 시호가 내려졌다. 저서로는 《청하집(青霞集)》이 있다.

섭의부의 명비곡에 화답하여
和聂仪部明妃曲

리반롱(李攀龙)

천산(天山)¹⁾에 눈 내린 후 북풍이 차거운데
왕소군(王昭君)²⁾은 말에 앉아 비파 타며 가네.
곡이 끝나고 모를 괘라 청해(青海)³⁾의 달 쳐다보며
한궁(汉宫)의 달 보는 듯 서성이누나.

(원문)
天山雪后北风寒, 抱得琵琶马上弹。
曲罢不知青海月, 徘徊犹作汉宫看(kàn)。

---

1) 천산(天山): 여기서는 기련산(祁連山)을 가리킴.
2) 왕소군(王昭君): 이름은 장(嬙)이고 자는 소군임. 기원전 33년 흉노와의 화친정책으로 흉노의 호한야선우(呼韓邪單于)와 정략결혼을 하였다. 후세의 많은 문학작품에 애화(哀話)로 윤색되였음.
3) 청해(青海): 호수 이름. 청해호(青海湖)를 가리킴. 청해성 경내에 있음.

[이 시는 칠언절구이다. 〈명비곡〉은 악부 곡조 이름이다. 명비는 왕소군을 가리킨다. 이 시는 왕소군이 한조 궁전을 떠나서 흉노왕에게 시집 가는 것을 쓴 것으로서 전형적인 영사회고시(咏史懷古詩)이다. 소박한 언어로 당시 왕소군의 내심세계를 묘사하였다.]

작가소개

리반룡(1514년-1570년): 명조의 저명한 문학가임. 자는 우린(于鱗), 호는 창명(滄溟), 력성(歷城, 지금의 산동 제남) 사람이다. 진사가 된 뒤 여러 벼슬을 거쳐 섬서제학제사(陝西提學制使)를 지내고 사직한 뒤 고향에 와서 지내다가 10년 뒤 다시 나가 하남안찰사(河南按察使) 벼슬까지 하였다. '전칠자(前七子)' 이후 사진(謝榛), 왕세정(王世貞) 등과 더불어 문학복고운동을 창도하였고 후에 '후칠자(后七子)'의 령수인물이 되였으며 '종공거장(宗工巨匠)'으로 존숭 받았다. 20여년간 문단을 주도하였으며 그 영향이 청초까지 미치였다. 작품집으로 《창명집(滄溟集)》이 있다.

옛날을 추억하며
感旧

서중행(徐中行)

연대(燕台)¹⁾를 떠난 지 몇몇 해더냐

화양(華陽)²⁾의 갈석(碣石)³⁾은 여전히 황량하구나.

외홀로 떠있는 서산의 달은

여전히 당년의 구주로(舊酒爐)⁴⁾를 비추고 있네.

(원문)

自别燕台白日徂(cú), 华阳碣石总荒芜。

独留一片西山月, 犹照当年旧酒垆。

---

1) 연대(燕台): 황금대를 가리킴. 전국시기 연소왕(燕昭王)이 천하의 인재를 인입하려고 쌓은 대로서 그 옛터가 지금의 하북 역현(易縣) 동남쪽에 위치하고 있음.
2) 화양(華陽): 옛 루대의 이름.
3) 갈석(碣石): 옛 궁궐의 이름으로 갈관(碣館)이라고도 함.
4) 구주로(舊酒爐): 황공로(黃公爐)를 가리킴.

[이 시는 칠언절구이며 압운이 잘 되여있고 과거를 그리워하는 회고시이다. 앞의 두구에서는 헤여진 지 오래되였음을 말하면서 연대에서의 작별이 결국 세월이 흐르면서 눈앞의 갈석처럼 황량하게 되였다고 한다. 뒤의 두구에서는 고개 들어 멀리 바라보니 서산에는 달이 걸려있고 마치 당년 헤여질 때의 그 술잔을 아직 비춰주는 듯 하다고 표현하면서 옛날을 그리워하는 시인의 감개무량함을 잘 보여주고 있다.]

작가소개

서중행(1517년-1578년): 자는 자여(子輿)이고 호는 룡만(龍灣)이며 천목산(天目山) 기슭에서 글을 읽었으므로 천목산인이라 불리우고 절강 장흥(長興) 사람이다. 가정 29년(1550년) 진사에 급제하고 형부주사(刑部主事)로 부임했으며 후에 관직이 강서좌포정사(江西左布政使)에 이르렀다. 리반룡(李攀龍), 왕세정(王世貞) 등과 더불어 '후칠자'로 불린다. 저서로는 《천목산당집(天目山堂集)》,《청라관시(青蘿館詩)》 등이 있다.

어머니와 작별하며
別母

심명신(沈明臣)

어머님은 3년 내내 병환에 계시는데
이 아들은 천리 밖으로 떠나가네.
가을바람 차겁게 불어오고
달은 서리를 환히 비춰주네.
작별을 앞두고 눈물이 앞을 가리니
돌아올 기약을 끝내 말하지 못하였네.
주방에서 서성이는 새각시한테
거친 음식이라도 거르지 않게 일러두었네.

(원문)
老母三年病, 儿仍千里行。
秋风吹地冷, 山月照霜明。

未别泪先下，问归难应声。

厨头有新妇，数可问藜羹。

[이 시는 오언률시로 어머니 슬하를 떠나 먼길을 가야 하는 시인의 애틋한 마음을 보여주고 있다. 어머니는 병환에 계시는데 어쩔 수 없이 떠나야 하는 주인공의 처지가 눈물을 자아낸다. 첫련에서는 상황을 소개하고 있으며 함련에서는 자연의 경물을 빌어 쓸쓸한 감정을 더욱 고조시키고 있으며 경련에서는 리별이 서러워 돌아올 기약도 못한다고 강조하고 있고 미련에서는 새각시한테 집일을 맡기는 처경을 보여주고 있다. 리별의 정을 절절하게 읊조려 고도의 예술적 감화력을 보여주고 있다.]

작가소개

심명신(1518년—1596년): 자는 가칙(嘉則)이고 호는 구장산인(句章山人)이며 인현(鄞縣, 지금의 절강 녕파) 사람이다. 심명신과 서위(徐渭)는 호종헌(胡宗憲)과는 막료였으며 나중에 호종헌이 탄핵받아 옥사하자 그의 억울함을 호소하기도 한다. 평생 7천여수의 시를 지었고 왕숙승(王叔承), 왕치등(王稚登)과 더불어 만력(萬曆)년간의 3대 '포의 시인(布衣詩人)'으로 불리운다. 저서로는 《풍대루집(豐對樓集)》이 있다.

감산에서의 개가
龕山凱歌

서위(徐渭)

단검과 창을 들고 해가 지자 포위를 좁히니
차거운 바람 피를 날려와 사람들에게 붙이네.
아침이 되어 길 우에 돌아오는 우리 말 탄 병사들 보니
한조각 붉은 얼음이 갑옷에 차갑게 붙어있네.

(원문)
短剑随枪暮合围，寒风吹血着人飞。
朝来道上看归骑，一片红冰冷铁衣。

[감산은 절강 소산현(蕭山縣) 동북쪽 약 50리 되는 곳의 전당강 남안에 있는 산으로 항주(杭州)의 요충지이다. 이 시는 9수로 이루어진 조시인데 여기서 소개한 것은 그중 두번째 시이다. 가정 34

년(1555년), 절강 연해에 침입한 왜구(倭寇)와 감산에서 크게 싸워 이긴 후 지은 시이다. 이 때 서위는 호종헌(胡宗憲)의 막하에서 왜구 토벌을 돕고 있었다.]

작가소개

서위(1521년－1593년): 명조의 저명한 문학가이며 서화가임. 자는 문청(文淸)이였다가 후에 문장(文長)으로 고쳤고 호는 천지(天池)이고 만년에는 청등(靑藤)이라고 하였으며 절강 산음(山陰, 지금의 절강 소흥) 사람이다. 군사를 알고 용병에 능하며 지모가 있어서 호종헌(胡宗憲)의 막하로 들어가 왜구 토벌전에 참여하기도 하였다. 호종헌이 하옥되자 그 화가 지신에게도 닥칠가 봐 두려워 미친 체하며 자살을 기도하기도 하였고 자기 처를 죽인 죄로 7년의 옥살이도 하였다. 후에 풀려난 뒤 생활이 빈곤하여 글과 글씨 및 그림을 팔며 생계를 이어나갔다. 스스로 '남강북조인(南腔北調人)'이라고 자처하며 다니다 생을 마감하였다. 저서로 ≪서문장집(徐文長集)≫이 있다.

태백루¹⁾에 올라
登太白楼

왕세정(王世貞)

들건대 옛날에 리태백이

길게 휘파람 불며 홀로 이 루각에 올랐다네.

이 곳 와서 한번 쭉 둘러보자

고상한 그분 이름 만고에 오래 남게 되었다네.

흰구름 뜬 새벽에 바다 빛 밝아오고

가을밤 밝은 달이 태산 천문(天門)²⁾에 솟아있네.

사람들은 다시 찾아오려 하고 있지만

---

1) 태백루는 산동성 제녕(濟寧)의 남성(南城) 우에 있다. 리백이 산동을 유람하다가 임성현령(任城縣令)이 리백을 초청하여 이 루각에서 잔치를 벌여 접대한 데서 붙여진 이름이다.
2) 천문(天門): 태산에 천궁문(天宮門), 남천문(南天門), 중천문(中天門), 서천문(西天門) 등 여러 문이 있음.

제수(濟水)[1]는 끊임없이 줄줄 흐르고 있다네.

(원문)
昔闻李供奉，长啸独登楼。
此地一垂顾，高名百代留。
白云海色曙，明月天门秋。
欲觅重来者，潺湲济水流。

[이 오언률시는 등림회고시(登臨懷古詩)이다. 하지만 이 시에서는 태백루라는 루각보다도 리백에 대한 흠모의 정이 더 두드러진다.]

작가소개

왕세정(1526년―1590년): 중국 명조의 문학가이며 력사학자임. 자는 원미(元美), 호는 봉주(鳳洲) 또한 엄주산인(弇州山人)이라고도 하였다. 강소성 태창(太倉) 사람이다. 가정 26년(1547년)에 진사가 되였으며 선후하여 대리시(大理寺) 좌시(左寺), 형부원외랑(刑部員外郎)과 랑중(郎中), 산동안찰부사 청주병비사(山東按察副使青州兵備使), 절강좌참정(浙江左參政), 산서안찰사(山西按察使) 등을 력임하였고 만력시기에는 호광안찰사(湖廣按察使), 광서우포정사(廣西右布政使), 운양순무(鄖陽巡撫) 등 직을 력임하기도 하였다. 후에 장거정(張居正)의 미움을 받아 파직당하고 고향으로 돌아갔다가 장거정이 죽은 후 다시금 관직에 올라 응천부윤(應天府尹), 남

---
1) 제수(濟水): 강물 이름. 하남성 왕옥산에서 발원하여 산동쪽으로 흘러와 제녕(濟寧)에서 황하(黃河)에 흘러듦.

경병부시랑(南京兵部侍郎), 남경형부상서(南京刑部尚書)까지 지냈다. 부친이 엄숭에 의해 박해를 당하자 장시를 지어 엄씨 부자의 죄악을 고발해 세상의 칭송을 받았다. 일찌기 리반룡과 함께 복고파인 '후칠자'의 주요인물이 되였고 리반룡이 죽은 후에도 근 20년간 문단을 주도하였다. 문장은 반드시 진(秦), 한(漢)을 본받고 시는 반드시 성당을 모범으로 삼을 것을 주장하면서 문학복고운동에 힘을 기울였다. 그가 편찬한 《예원치언(藝苑卮言)》은 중국 희곡사의 중요한 문헌으로 남곡·북곡의 원류와 그 우렬을 평술했다. 엄숭에 대한 비판을 제재로 삼은 전기 극본 〈명봉기(鳴鳳記)〉는 그가 지은 것이라고 한다. 력사학 저작으로는 《사승고오(史乘考誤)》가 대표적인데 이 책은 명조의 력사 사실을 고증한 력작이다. 일생동안 많은 저술을 했으며 《엄주산인사부고(弇州山人四部稿)》, 《엄산당별집(弇山堂別集)》, 《가정이래수보전(嘉靖以來首輔傳)》, 《고불고록(觚不觚錄)》 등이 있다.

초당에서 감흥에 겨워
草堂漫兴

마계룡(马继龙)

늙어도 존엄을 버릴 수 없어
스스로 채소를 심어보노라.
초당은 은둔자의 거처로 되여
초가집에 책만 가득하여라.
이제는 이것으로도 오히려 만족하나니
예전에는 왜 그리 공명과 벼슬을 바랐던가.
적은 쌀이나마 구하려 하니
아직도 자꾸 주저하게 되더라.

(원문)
老去羞弹剑，贫来学种蔬。
草堂三径菊，茅屋一床书。

只此浮生足，从前世味疏。

肯因升斗计，犹自费踌躇。

[이 시는 오언률시이다. 수련은 자연스레 늙어가면서 비록 청빈하지만 은둔하면서 채소를 심어 자급자족하려는 뜻을 나타내고 있으며 함련은 고전을 빌어 청빈한 은둔생활을 자처하는 것을 보여주고 있다. 경련에서는 예전에는 그토록 공명과 벼슬을 추구했지만 이제는 더 이상 바라지 않게 되였음을 표현하고 있다. 미련에서는 청빈한 생활을 즐기는 시인의 모습을 내세워 스스로 만족하는 삶을 구가하고 있다.]

작가소개

마계룡(생졸년대 미상): 자는 운경(雲卿)이고 호는 매초(梅樵)이며 운남 영창(永昌), 오늘의 운남 보산(保山) 사람이다. 가정 25년(1546년) 거인에 급제하여 관직이 남경 병부거가사원외랑(兵部車駕司員外郞)에 이르렀다. 시를 잘 지었다. 저서로는 《매초집(梅樵集)》이 있다.

오산인을 바래주며
送吳山人

종신(宗臣)

노란 국화 곁에 옛친구와 잔을 나누고
청산(青山)¹⁾으로 멀어져가는 그대를 바래네.
말 타고 버드나무 아래 홀로 가는 모습
고개 돌려보니 연운(燕雲)²⁾에 황혼 깃드누나.

(원문)
黃菊故人杯, 青山游子路。
匹馬向垂楊, 回首燕雲暮。

---

1) 청산(青山): 산 이름. 청림산(青林山)을 가리킴. 안휘 당도현(當塗縣) 동남쪽 30리 되는 곳에 있음. 풍경이 좋고 부근에 리백의 묘가 있음. 후세에 문인들이 유람하고 은거하는 곳을 일러 청산이라고도 하였음.
2) 연운(燕雲): 연주와 운주를 아울러 이르는 말로 명조에는 경기지역을 가리킴.

[이 시는 오언절구로서 전별시에 속한다. 그림을 보는 듯한 느낌이다. 경물묘사와 감정토로가 잘 융합되였고 친구와 리별을 아쉬워하는 시인의 절절한 감정이 잘 느껴진다. 이 시는 종신의 대표작이다.]

작가소개

종신(1525년—1560년): 명조의 문학가이며 송대 저명한 애국장령 종택의 후예임. 자는 지상(子相), 호는 방성산인(方城山人)이며 흥화(興化) 사람이다. 가정 29년(1550년)에 진사로 되고 형부주사조리부(刑部主事調吏部)에 있다가 병으로 사직하고 고향에 돌아와 백화주(百花洲)에다 집을 짓고 거기서 독서를 즐기였다. 후에 리부의 계훈원외랑(稽勳員外郞)을 맡아하였고 엄숭의 눈에 나서 복건참의(福建參議)로 좌천되였다. 후에 왜구를 막은 공으로 복건제학부사(福建提學副使)로 되였고 재임중 사망하였다. 시문 창작에서 그는 복고를 주장하였고 리반룡과 같이 이름을 날렸으며 '가정칠자(嘉靖七子)'의 한 사람으로 꼽히기도 하였다. 저서로 ≪종자상집(宗子相集)≫이 있다.

마상에서 짓다
马上作

척계광(戚继光)

남북을 질주하면서 황은에 보답하려 했거니
강변의 꽃, 변새의 달과 평생 웃으며 살았노라.
일년 삼백륙십일을
대부분 창을 비껴들고 말 타고 다녔노라.

(원문)
南北驱驰报主情, 江花边月笑平生。
一年三百六十日, 多是横戈马上行。

[이 시는 척계광의 대표작이다. 단지 네구절뿐이나 명장 겸 시인의 평생 행적과 사상을 개괄하여 표현하였다. 첫째 구는 주제를 내세우고 아래 시구를 이끄는 역할을 하며 둘째 구는 '강변의 꽃', '변새의

달'로 강남과 북방을 가리키면서 우의 '남북을 질주하는' 공간적 행적을 진일보 형상화하였고 셋째 구는 '일년 삼백륙십일'이라는 입말을 씀으로써 시간적 개념으로 쉬임 없고 끝이 없는 남정북벌을 알기 쉽게 표현하였으며 마감 구는 전반 시를 개괄한 것으로 앞에서 말한 시공간을 아울러 모두가 나라를 위해 일생을 전장에서 보낸 융마 생애를 말하면서 말을 타고 창을 비껴들고 있는 영웅의 모습을 형상적으로 부각하면서 첫째 구와 마감 구를 조응시키고 있다. 이 시는 형상이 완정하고 감정이 진솔하며 강한 시적 감화력을 갖고 있는 작품이다.]

작가소개

척계광(1528년—1587년): 명조의 항왜 명장이며 군사가임. 자는 원경(元敬), 호는 남당(南塘)이며 만년에는 맹제(孟諸), 산동 봉래인(山東蓬萊人)으로도 불렸다. 무인 가정 출신으로서 17살에 부업을 계승하여 등주위(登州衛)의 지휘첨사(指揮僉事)로 되였고 산동지역에서 왜구의 침입을 막았다. 후에 절강, 복건 일대에서의 항왜투쟁의 공로로 하여 총병관이 되였다. 일생동안 남정북전하면서 공도 많이 세웠고 만년에 좌도독(左都督)의 지위에 올랐으나 재상 장거정(張居正)이 죽으면서 탄핵을 받아 면직되였고 드디여 병고로 사망하였다. 저서로 《기효신서(紀效新書)》, 《련병실기(練兵實紀)》, 《리수요략(涖戍要略)》, 《지지당집(止止堂集)》 등이 있다.

황포에서 밤에 머물며
黃浦夜泊

왕치등(王稚登)

황포(黃浦) 여울[1] 끝의 물은 하늘가에서 철썩이고
안개 속 송강부(松江府)[2] 버들가지는 실연기 같네.
달이 기울기도 전에 고기들 그물에 걸리고
밀물이 밀려들려 하매 사람들 배 띄우려 하네.

(원문)
黃浦灘头水拍天, 寒城如雾柳如烟。
月沉未沉鱼触网, 潮来欲来人放船。

[황포는 지금의 상해이다. 이 시는 칠언절구로 상해 어항의 조

---

1) 황포(黃浦) 여울: 당시에는 고기배들이 나드는 작은 어항이였음.
2) 송강부(松江府): 지금의 상해임.

기 모습을 백묘수법으로 그려내고 있다.]

작가소개

　왕치등(1535년—1612년): 명조 후기의 문학가이며 서예가임. 자는 백곡(伯谷), 호는 송단도사(松壇道士)이고 소주(蘇州) 사람이다. 가정 말기에 경사로 와서 대학사 원위(袁煒)의 기실(記室)로도 있었다. 서예에 조예가 깊고 전각을 잘하였으며 사람됨이 명랑하고 풍아하고 교제를 잘하였다. 그리고 그의 시작품들이 시어가 기려하고 청신하지만 좀 지나치게 수식에 기운 편도 있다. 저작으로 ≪오사편(吳社編)≫, ≪혁사(弈史)≫, ≪오군단청지(吳郡丹青志)≫ 등이 있다.

소주에 이르러
抵苏州

마임원(马任远)

술 깨니 꿈도 깨고 돛단배도 외로운데
멀리 언덕 아래 맑은 물에 오리들 미역 감고 있네.
다리 건너 횡당(橫塘)[1] 너머 개 짖는 소리 들리는데
록양 그늘에 묻힌 저기가 바로 고소(姑蘇)[2]로구나.

(원문)
酒醒梦断旅帆孤, 远岸晴波戏浴凫。
桥过横塘闻犬吠, 绿杨影里是姑苏。

[이 시는 칠언절구로 객지생활에서 려로의 감회를 읊은 시이다.

---

1) 횡당(橫塘): 옛 제방 이름. 강소 오현(吳縣) 서남쪽에 있음.
2) 고소(姑蘇): 강소 오현의 별칭.

첫째 구는 시인의 고독한 배길을 썼고 둘째 구에서는 시인의 마음이 점차 흥이 일고 있음을 오리들이 물에서 노는 것을 빌어 시각적으로 표현했으며 셋째 구에서는 배가 횡당교를 지나 고소성으로 점점 가까이 가고 있음을 개 짖는 소리가 들린다는 즉 청각적으로 표현하였으며 마감 구는 잎 푸르게 우거진 버드나무 그늘에 묻힌 곳이 소주라고 하면서 그리워하던 곳에 이르게 된 기쁨을 표현하였다. 전반 시가 서정토로와 경물묘사가 잘 융합되어 있으며 작은 배의 이동과 함께 시인의 감흥이 점차 고조되게 씀으로써 읽는 이들로 하여금 부지중 시인과 함께 소주에 이르는 감이 나게 하고 있다.]

작가소개

마임원(생졸년대 미상): 자는 의중(毅仲), 하북 영년(永年) 사람이다. 만력(萬曆) 기미년(1619년)에 진사로 되어 섭현(葉縣) 현령이 되였고 호부원외랑(戶部員外郞)을 지냈다.

주점에서 리대를 만나
酒店逢李大

서통(徐熥)

우연히 신풍(新豐)[1] 저자거리를 지나다가
오랜 친구 만나 술 마시며 슬픈 노래 불렀네.
십년 리별에 흘렸던 눈물 그 얼마였던가
하지만 정작 만나니 눈물이 더 많이 나는구나.

(원문)
偶向新丰市里过，故人尊酒共悲歌。
十年别泪知多少，不道相逢泪更多。

[이 시는 칠언절구이다. 타향에서 친구를 우연하게 만나 같이 술 마시며 감회를 읊은 시이다. 리별의 쓰라림과 상봉의 기쁨을 진

---
1) 신풍(新豐): 옛 고장 이름. 터가 지금의 섬서 림동현 동북쪽에 있음.

솔하게 그려낸 감동적인 시이다.]

작가소개

　서통(1561년—1599년): 명조의 장서가임. 자는 유화(惟和) 또는 조후(調侯)라고도 하며 민현(閩縣, 지금의 복건 복주) 사람이다. 만력 46년(1618년) 거인(擧人)이 되였고 동생과 함께 '홍우루(紅雨樓)', '록옥재(綠玉齋)', '남손루(南損樓)'를 세우고 책들을 수집, 수장하였다. 저서로 ≪만정집(幔亭集)≫이 있다.

동아로 가던 도중 저녁경치 바라보며
东阿道中晚望

원굉도(袁宏道)

봄바람 불어 붉은 정자 옆 나무들 꽃 피려 하는데
나 홀로 고원에 올라 저녁해 보며 시름겨워하네.
수레 끌고 달려가는 가라말 발굽 아래 먼지 일어
수레 우의 나그네 눈에 안개처럼 퍼지고 있네.
푸른 산은 점점 높아지는데 해는 점점 낮아지고
황폐한 정원에선 참새도 추워서 짹짹거리네.
삼귀대(三歸臺)¹⁾가엔 옛 비석 어둠에 묻혀가고
항우(項羽) 무덤 앞에선 석마(石馬)²⁾가 울부짖고 있네.

---

1) 삼귀대(三歸臺): 춘추시대 제(齊)나라의 재상 관중(管仲)이 세운 호화로운 루대.
2) 석마(石馬): 왕릉 따위의 앞에 돌로 만들어 세워 놓은 말.

(원문)

东风吹绽红亭树, 独上高原愁日暮。

可怜骊马蹄下尘, 吹作游人眼中雾。

青山渐高日渐低, 荒园冻雀一声啼。

三归台畔古碑没, 项羽坟头石马嘶。

[동아는 명조의 고을 이름으로 지금의 산동성 동아현(東阿縣) 남쪽에 있다. 이 시는 만력 23년(1595년) 원굉도가 28세 때 경도에서 오현현령(吳縣縣令)으로 부임되어 갈 때 동아를 지나면서 지은 칠언률시이다. 이 시는 비록 길가의 경물을 썼지만 실제에 있어서는 당시의 고독감을 잘 표현한 것으로 볼 수 있다. 수련에서는 밤경치를 쓰면서 내심의 수심을 나타냈고 함련에서는 권귀들에 대한 멸시를 보여주었고 경련은 작자가 고원에 올랐을 때의 시간의 흐름을 쓰면서 시인 자신의 모습을 보여주고 있다. 마감 미련에 가서는 옛날을 회고하며 련상의 나래를 펼치고 있다. 하지만 그런 상상은 현실성이 없는 것이여서 그저 시인 자신의 자존심과 자비심이 반죽된 감정으로밖에 볼 수 없다. 추위에 떠는 참새, 항우 무덤의 석마의 울부짖음… 이런 첨예한 시적 형상들은 중국 시가 사상 처음 보이는 것으로서 그 자체의 독특한 매력과 함께 개척적인 성질을 띠고 있다.]

작가소개

원굉도(1568년—1610년): 자는 중랑(中郞)이고 호는 석공(石公)이며 공안(公安, 지금의 호북성 공안) 사람임. 만력 20년(1592년)의 진사이고 수차 벼슬을 하다가 여러번 스스로 그만두었다. 선후로 오현현령(吳縣縣令), 순천교수(順天敎授), 의조주사(儀曹主事), 계훈랑중(稽勳郞中) 등 관직을 맡았다. 만년은 사시(沙市, 지금의 호북성 사시)에서 보냈다. 그와 형인 원종도(袁宗道), 원중도(袁中道)를 공안파(公安派)의 '삼원(三袁)'이라 병칭했고 이들 가운데서도 원굉도의 문학적 성취가 가장 높다. 그는 '전후칠자'의 복고주의를 힘껏 배격했던바 문학은 시대의 변화에 따라 변화하고 한 시대는 그 한 시대의 문학이 있으며 "성령을 토로함에 있어서 격식에 구애 받지 말아야 한다."고 주장했다. 시와 산문을 다 창작했지만 산문의 성취가 더욱 높다. 그의 산문은 제재가 광범하고 기사(記事)나 경물, 인물 묘사를 막론하고 모두 청신하고 자연스러우며 서정적인 특색을 갖추었다. 저서로 《원중랑전집(袁中郞全集)》이 있다.

서릉협
西陵峡

종성(钟惺)

여기를 지나기만 하면 곧 대강이 되고
협곡도 여기서 끝난다고 하네.
앞길이야 평탄할 수 없겠지마는
아직도 한 구간을 지나지 못하고 있네.
큰 도성으로 헤치고 들어가려는데
성문에 수레가 끼운 것 같은 격이네.
호아탄(虎牙灘)[1]은 범이 어금이를 갈고 있는 듯
황우산(黃牛山)[2]은 황소가 숨을 헐떡이고 있는 듯.
배는 나아갈 듯 뒤로 밀려 회돌이하는 품이

---

1) 호아탄(虎牙灘): 여울 이름임.
2) 황우산(黃牛山): 삼협에 있는 산 이름. 서릉협에 있음. 그 밑의 협곡 부분을 황우협(黃牛峽)이라고 함.

마치 이리가 물러서다 자기 꼬리에 걸려 넘어지는 것 같네[1].
물살의 험난함과 평온함이 마주치는 곳은
뛰여올랐다 엎드렸다 서로 밀치듯 하네.
머리를 돌려 황릉묘(黃陵廟)가 사라지는 것을 보았을 때야
이 몸은 겨우 갇혀있던 곳으로부터 빠져나왔네.
어떤 마음과 정신을 갖춘 사람이여야
이 칠백리 물길을 견디여낼 수 있을지 모르겠네.
꿈속에 철위산(鐵圍山)에 들어갔다가
깨여나서도 안석에 기대여있는 줄을 모르네.
이런 특이한 험난함을 경험하고 나서야
위태한 곳에 가면 안된다는 말의 리치 깨닫게 되였네.

(원문)
过此即大江, 峡亦终于此.
前途岂不夷, 未达一间耳.
辟入大都城, 而门不容轨.
虎方错其牙, 黄牛喘未已.
舟进却湍中, 如狼疐其尾.
当其险夷交, 跳伏正相踦.
回首黄陵没, 此身才出甀.
不知何心魂, 禁此七百里.

---

1) 《시경·빈풍·랑발(詩經·豳風·狼跋)》에서 "늙은 이리가 나가자니 턱밑 군살이 밟히고 물러서자니 그 꼬리에 채이여 넘어지네(狼跋其胡, 載疐其尾)."라고 한 표현을 빌린 것임.

梦者入铁围，醒犹忘在几。
赖兹历奇奥，得悟垂堂理。

[작자는 특히 산수시를 많이 지었는데 삼협(三峽)에 관한 시만도 〈구당(瞿塘)〉, 〈무협(巫峽)〉, 〈귀주협(歸州峽)〉, 〈신탄(新灘)〉 등 여러 시가 있다. 서릉협(西陵峽)은 장강 삼협중 가장 하류에 있는 협곡으로서 상류인 서쪽은 호북성(湖北省) 파동현(巴東縣) 관도구(官渡口)에서부터 시작하여 동쪽은 의창(宜昌) 남진관(南津關)에 이르는 전 구간 120킬로메터의 험난한 협곡이다. 이 시는 자연 풍광을 묘사함에 있어서 작자의 특징을 가장 잘 드러내 보이는 시라고 할 수 있다.]

작가소개

종성(1574년－1624년): 명조의 문학가임. 자는 백경(伯敬), 호는 퇴곡(退谷)이며 경릉(竟陵, 지금의 호북 천문시) 사람이다. 만력 38년(1610년) 진사가 되고 공부주사(工部主事)로 임명되였다. 만력 44년(1616년)에 림고도(林古度)와 함께 태산에 올랐다. 례부랑중(禮部郞中) 등의 벼슬을 지냈고 복건제학첨사(福建提學僉事)로 벼슬살이를 마쳤다. 문집으로 《은수헌집(隱秀軒集)》이 있다.

황하에서 정박하며
黃河夜泊

리류방(李流芳)

달 밝은 황하의 밤
차거운 백사장은 전쟁터 같구나.
급류는 아우성을 지르고
평야는 멀리멀리 펼쳐졌구나.
오회(吳會)[1]엔 편지조차 부치기 어렵고
연대(燕台)[2]로 가는 길 멀고도 멀어라.
내 이토록 사방팔방 떠돌아다니니
타향이 결코 낯설지가 않구나.

---

1) 오회(吳會): 오(吳)지역의 회계(會稽). 저자의 고향을 가리킴.
2) 연대(燕台): 연경 즉 지금의 북경을 가리킴.

(원문)

明月黄河夜，寒沙似战场。

奔流聒地响，平野到天荒。

吴会书难达，燕台路正长。

男儿久为客，不辨是他乡。

[이 시는 명조 문학가 리류방의 오언률시로 타향을 떠도는 저자가 황하가에 숙박하면서 본 황하기슭의 처량한 경관을 묘사하면서 오래동안 타향을 떠돌아다니며 벼슬길을 전전하는 저자의 슬프고도 쓸쓸한 마음을 표현하고 있다. 시는 소박하면서도 간결하고 진솔해서 음미할 멋이 있다.]

작가소개

리류방(1575년—1629년): 자는 장형(長蘅)이고 호는 단원(檀園), 향해(香海), 고회당(古懷堂), 창암(滄庵) 등이 있으며 만호(晚號)로는 신오거사(愼娛居士), 륙부도인(六浮道人) 등으로 불리웠다. 휘주 흡현(徽州歙縣) 사람으로 후에 가정(嘉定, 지금의 상해 가정)에서 생활했다. 명조 시인이자 서예가이다. 32살에 거인으로 급제하고 후에 벼슬길을 그만두었다. 그의 시문은 풍격이 청신하고 자연스럽다.

중원을 돌아볼 심가칙을 바랠 겸 척장군을 방문하며
送沈嘉则游中原兼访戚将军

원경휴(袁景休)

중원을 이제 가면 언제나 오시려나?
술잔 잡고 그대의 노래를 듣노라.
려행길에는 찬바람도 있을 것이고
황하 만치 험난함도 겪어야 하리라.
오릉(五陵)¹⁾의 조화는 헤아릴 길 바이없고
삼보(三輔)²⁾의 풍운 또한 불안하기 짝이 없도다.
어려서부터 무예를 익혀왔거늘
렴파(廉頗)³⁾ 장군의 뜻이 새삼스럽도다.

---

1) 오릉(五陵): 여기서 '오릉'은 중원을 대신 가리킴.
2) 삼보(三輔): 경성 부근의 지역을 가리킴.
3) 렴파(廉頗): 전국시기 조나라 명장으로 진나라 군을 수차 물리쳤음.

(원문)

中原此去欲如何？把酒闻君慷慨歌。

道上霜寒逢白雁，马前木落见黄河。

五陵烟雨秋难尽，三辅风云气尚多。

记得少年曾学剑，壮心犹自忆廉颇。

[이 시는 칠언률시로 전별시에 해당된다. 수련에서는 벗을 중원으로 떠나보내는 장면을 보여주면서 친구에 대한 호방한 감정을 표출하고 있다. 함련에서는 앞으로 맞닥뜨릴 험난한 일들을 암시하고 있으며 경련에서는 가을이 깊어가고 추위가 다가온다는 것을 통해 지인에 대한 감정을 보여주고 있다. 미련에서는 렴파 장군을 빌어 척장군을 보여주면서 척장군에 대한 앙모의 마음을 표현하고 있다. 이 시는 대구가 잘 들어맞고 격조가 높다.]

작가소개

원경휴(생졸년대 미상): 자는 맹일(孟逸)이고 소주 오현(吳縣) 사람이다. 가정, 만력 년간에 생활하였다. 강남지역을 두루 돌아다녔으며 오시(吳市)에 은둔하여 살다가 생을 마감했다.

고소를 지나며 느끼는 바가 있어
过姑苏有感

손량기(孙良器)

동오(東吳)[1] 성밖은 봉화가 그치지 않고
백성들은 배에 올라 타향으로 떠나네.
가을바람에 날아오는 기러기한테 묻노니
낟알을 거둬들일 밭은 얼마나 남았을까?

(원문)
东吴城外尽烽烟, 百姓流移半在船。
为问秋风旧来雁, 稻粱今剩几家田?

---

1) 동오(東吳): 소주(蘇州) 및 그 주변 상숙(常熟), 태창(太倉), 오강(吳江) 등 지역을 가리킴.

[고소(姑蘇)는 오늘의 강소성 소주시이다. 이 칠언절구는 동남 일대가 왜구들의 침탈로 황폐하게 된 것을 보고 격분에 차서 쓴 시이다. 시의 앞 두구에서는 소주 성밖의 전란에 대해 쓰면서 백성들이 살길을 찾아 배에 올라 떠나는 모습을 보여주고 있으며 뒤의 두구에서는 기러기한테 낟알을 거둬들일 밭이 아직 얼마나 남았는지 물어보고 있다. 이 시구는 허실을 결부시켜 당지의 참상을 가슴 아프게 바라보면서 왜구에 대한 격분한 마음을 완곡하게 표출하고 있으며 동시에 시인의 우국우민 사상을 보여주고 있다.]

작가소개

손량기(생졸년대 미상): 자는 공보(貢甫)이고 휴녕(休寧, 오늘의 안휘성 휴녕현) 사람이다. 전겸익(錢謙益)은 그를 이렇게 평하고 있다. "공보의 시는 재기가 넘치고 사유가 민첩하다." 저서로 《구야고(九野稿)》가 있다.

소거행
小车行

진자룡(陈子龙)

손수레 덜컹덜컹 누런 먼지 속에 해가 지는데
남편은 뒤에서 밀고 마누라는 앞에서 끌고 가네.
문을 나서서 망망한 길 대체 어디로 가려는가?
푸른 느릅나무 이파리로 주린 배를 달래면서
락토 찾아 죽이라도 함께 먹으며 편히 살아보려네.
바람이 누런 쑥풀을 불어치는데
저기 저쪽에 인가가 보이니
그 집 주인이 밥 먹여 줄 거라고 상상해보네.
문을 두드려 보니 아무도 없고 집안엔 솥도 없으니
텅 빈 골목에서 서성이며 눈물을 비 오듯 흘리네.

(원문)

小车班班黄尘晚，夫为推，妇为挽。

出门茫然何所之？

青青者榆疗吾饥，愿得乐土共哺糜(mí)。

风吹黄蒿，望见墙宇，中有主人当饲汝。

叩门无人室无釜，踯躅(zhí zhú)空巷泪如雨。

[이 시는 악부시이다. 명조 숭정(崇禎) 10년(1637년), 시인이 진사가 되고 전시에서 삼갑에 들어 혜주사리(惠州司理)를 택해 발령받던 그 해 류월에 경성과 산서에 왕가물이 들었고 칠월에는 산동에 충재가 생겨났다. 부임하여 남으로 내려가는 동안 기아에 허덕이며 류리걸식하는 백성들을 보며 그 참상에 대한 느낌을 시로 표현한 것이다. 이 시에서는 리재민 부부가 손수레를 밀고 류랑하는 모습을 백묘수법으로 생동하게 그려냈으며 그것을 통해 백성들의 고난을 표현하였고 리재민에 대한 시인의 깊은 관심과 동정을 보여주었다.]

작가소개

진자룡(1608년-1647년): 자는 와자(臥子) 또는 해사(海士)이고 호는 대준(大樽)이며 송강(松江, 지금의 상해 송강) 사람이다. 숭정(崇禎) 3년(1630년)에 복사(復社)에 참가하였고 뒤에 하윤이(夏允彝)와 기사(幾社)를 조직하여 활동하였다. 숭정 10년(1637년) 진사가 된 뒤 병과급사중(兵科給事中) 벼슬을 하기도 하였으나 조정의 부패를 절감하고 벼슬을 그만두고 고향으로 돌아왔다. 청조 군대가 남경을 점령하자 고향에서 항청군(抗淸軍)을 조직하여 거사하려다가 결국 붙잡혀 남경으로 압송되는 도중 물에 투신하여 자결하였다. 건륭 때 '충유(忠裕)'라는 시호가 내려졌다. 그는 특히 사를 잘 지어 '명대제1사인(明代第一詞人)'으로 불리였으며 명말의 문단을 이끌기도 하였다. 문집으로 ≪진충유공전집(陳忠裕公全集)≫이 있다.

역수를 건너며
渡易水

진자룡(陈子龙)

병도(並刀)[1]가 어제밤 칼집 속에서 울었는데
연(燕), 조(趙)의 슬픈 노래 울분이 많구나[2].
역수(易水)[3]는 출렁출렁 흐르고 구름 아래 초원은 푸르지만
가련하게도 형경(荊卿)[4] 같은 사람을 보낼 곳이 없구나!

(원문)

并刀昨夜匣中鸣，燕赵悲歌最不平。

---

1) 병도(並刀): 병주(並州)에서 나는 칼이며 명도이다. 병주는 지금의 산서 태원시 일대임.
2) 연(燕), 조(趙)는 전국시기의 두 제후국임. 지금의 산서성과 하북성 일대에 있었음. 예로부터 이 두 지역에서 협객과 의사들이 많이 배출되어 비장한 사건들이 많이 생겼음.
3) 역수(易水): 강 이름. 하북성(河北省) 역현(易縣) 경내를 흐르고 있는 강. 지금은 무수(武水)라고 함. 옛날 연(燕)나라 태자 단(丹)이 진시황(秦始皇)을 죽이려고 길을 떠나는 자객 형가(荊軻)를 이 곳에서 전별하여 유명해진 곳임.
4) 형경(荊卿): 협객 형가를 이르는 말.

易水潺潺寒草碧, 可怜无处送荆卿。

[이 시는 칠언절구이다. 앞의 두구는 호매로운 지사가 나라를 위해 충성을 다하려는 장렬한 의지를 썼고 뒤의 두구는 앞구절과 대비시켜 자연풍경은 여전한데 인간세상은 달라지고 나라가 망할 것 같은 의구심을 내비치며 형가 같은 사람이 없음을 개탄하고 있다. 전반 시가 비장하고 강개하며 처량하고 침통한바 시인의 숭고한 민족절개를 표현하고 있다.]

청시선

후관기 절구
后观棋绝句

전겸익(钱谦益)

고요한 마른 바둑판 우엔 공허한 울림만 일고
진회엔 가을이 깊어 찬 물결이 울부짖는 소리 내네.
머리 흰 로인들이 등불 그림자 비치는 싸늘한 밤에
한판에 두는 바둑판 우에 륙조의 흥망을 보는 듯하네.

(원문)
寂寞枯枰响沉寥，秦淮秋老咽寒潮。
白头灯影凉宵里，一局残棋见六朝。

[이 시는 칠언절구이다. 이 시는 청 순치(順治) 4년(1647년) 작자가 남경에 머물면서 왕유청의 시를 본 뒤 지은 시이다. 청조에 항복을 하기는 하였지만 망한 조국에 대한 애잔한 그리움이 담겨있는 시이다.]

작가소개

　　전겸익(1582년—1664년): 자는 수지(受之), 호는 목재(牧齋)이며 만년의 호는 몽수(蒙叟), 동간유로(東澗遺老), 강운로인(絳雲老人)이고 강소 상숙(常熟) 사람이며 학자들은 우산선생(虞山先生)이라고 불렀다. 명말 청초의 시단의 맹주의 하나로 명말의 정치결사였던 동림당의 지도자였으며 명조가 망해갈 때 진사가 된 뒤 남경의 복왕(福王) 아래 례부상서(禮部尚書)를 지냈고 청조가 들어선 후에는 청조의 례부시랑(禮部侍郎)이 되였으나 곧 고향으로 돌아와 여생을 보냈다. 저술이 많은바 주요한 것들로는 《초학집(初學集)》, 《유학집(有學集)》, 《투필집(投筆集)》, 《두시전주(杜詩箋注)》 등이 있고 편저로 《오구집(吾炙集)》, 《렬조시집(列朝詩集)》 그리고 《개국공신사략(開國功臣事略)》, 《명사단략(明史斷略)》, 《릉엄몽초(楞嚴蒙鈔)》 등이 있다.

사마 장창수를 애도함
哀张司马苍水

황종희(黄宗羲)

소년 고절[1]이라 어느 누가 이와 비슷할 수 있을가?
나라 위해 순절하니 별러 온 뜻에 맞는구나.
낡은 절에서 모금한 걸로 그의 뼈를 거두었고
늙은이 무딘 붓으로 거문고소리를 적고 있네.
멀리 하늘에 그 모습 떠올리니 열정 서로 들어맞았으나
세찬 바다는 바위를 뚫으려는 듯 자꾸 철썩이고 있네.
두 세대에 걸친 눈처럼 깨끗한 사귐이지만 사사로울 수는 없고
오직 여러 사람들의 입을 따라 그분을 한번 평해본 거네.

---

1) 소년 고절: 장황언은 홍광(弘光) 원년(1645년)에 로왕(魯王)을 옹립하여 해상에서 청군과 싸웠는데 그 때 나이가 25세밖에 안되였음.

(원문)
少年苦节何人似，得此全归亦称情。
废寺醵钱收弃骨，老生秃笔记琴声。
遥空摩影狂相得，群水穿礁浩未平。
两世雪交私不得，只随众口一闲评。

[황종희가 강희 3년(1664년)에 청군에게 살해된 항청영웅 장창수를 기념하여 지은 추모시이다. '장사마 창수'는 장황언(張煌言)이고 호가 창수(蒼水)이며 '사마'는 병권을 맡은 벼슬 이름이다. 장황언은 명말의 민족영웅으로 청조 군사가 남경(南京)을 함락시키고 남하할 적에 소흥(紹興)과 주산군도(舟山群岛)를 근거지로 삼고 정성공(鄭成功)과 련락을 취하며 청조 군사들과 근 19년 동안 힘든 싸움을 계속하였다. 하지만 정성공도 대만에서 병사하고 남쪽 연해지방도 거의 모두 청조가 장악하게 되자 바다섬으로 들어가 숨어지내다가 내부자의 밀고에 의하여 붙잡혀 항주(杭州)에서 처형을 당하였다. 이 시는 시인이 두 세대에 걸쳐 교제가 있고 또 그가 항청영웅임에도 불구하고 추모하는 글이 격조가 격렬하지 않고 아주 담담한데 이것은 시인이 억누르고 있는 비애 속에 용암 같은 뜨거운 정이 담겨있기에 그렇다.]

작가소개

황종희(1610년—1695년): 명말 청초의 유학자, 사학자, 사상가, 지리학자, 천문학자, 교육자이다. 절강 여요(余姚) 사람으로서 자는 태충(太沖) 호는 리주(梨州), 남뢰(南雷)이고 별호는 리주로인(梨洲老人), 리주산인(梨洲山人), 람수어인(蓝水漁人), 어징동주(鱼澄洞主), 쌍폭원장(双瀑院长), 고장실사신(古藏室史臣) 등이며 학자들은 그를 리주선생이라고 불렀다. 박학다식하고 사상이 심오하였으며 실증주의를 강조하였고 많은 저서를 남겼다. 고염무, 왕부지와 더불어 명말 청초의 '삼대사(三大師)'로 불리였고 동생 황종염, 황종회와 더불어 '절동삼황(浙东三黄)', '중국 사상계몽의 아버지'로도 평가받고 있다. 저서에 《송원학안(宋元學案)》, 《명유학안(明儒學案)》, 《명이대방록(明夷待訪錄)》, 《남뢰문정(南雷文定)》, 《역학상수론(易學象數論)》 등이 있다.

을유년 그믐 절구 여덟편(1)
乙酉岁除八绝句(其一)

부산(傅山)

오늘 밤에 한해를 보낸다고 하지만
옛 신하들의 질고는 보내지 못하리라.
구름 우를 날며 돌아가는 기러기야
남쪽 가지의 꽃소식을 띄워보내기는 했더냐.

(원문)
纵说今宵旧岁除，未应除得旧臣荼。
摩云即有回阳雁，寄得南枝芳信无？

[명조가 망한 후 부산은 청조 조정에서 벼슬을 하지 않고 도사 차림을 하고 산서 청양산(靑羊山)에 은거하였다. 이 시는 명조가 망한 이듬해, 즉 을유년(1645년) 그믐날에 창작, 시에는 명과 중원땅

을 수복하려는 마음을 담았다. 시는 암유를 위주로 전고(典故)를 빌어 예술수단으로 이미 망한 명에 대한 추억을 담았으며 곡절적으로 의사를 표달하는 특점을 가지고 있다.]

작가소개

부산(1607년—1684년): 명말 청초의 도가사상가, 서예가, 의학자이다. 산서 태원 사람으로서 초명은 정신(鼎臣), 자는 청죽, 후에 자를 청주(青主)로 불렸고 탁옹(濁翁), 관화(觀化)라고도 불렸다. 부산은 학술에서 여러 방면으로 정통하였으며 경사(經史)외에도 선진제자의 학술에 정통하였으며 서예과 의술도 정통하였다. 또한 부산은 저명한 도가학자이며 로장(老莊)의 '도법자연(道法自然)', '무위이치(無爲而治)' 등 명제들에 대한 진지한 연구와 발굴이 있으며 도가전통사상의 발전에 많은 기여를 하였다. 부산은 명말 청초에 민족절개를 보전한 전범적인 인물이다. 일부 무협지에서도 부산은 무협고수로 묘사되고 있다. 량계초(梁啓超)는 부산을 고염무(顧炎武), 황종희(黃宗羲), 왕부지(王夫之), 리우(李顒), 안원(顏元)과 함께 '청초륙대사(清初六大師)'로 불렸다. 저작으로 《부청주녀과(傅青主女科)》, 《부청주남과(傅青主男科)》 등이 전해지고 있으며 당시에는 '의성(醫聖)'으로 불렸으며 《청사고(清史稿)》에는 《부산전(傅山傳)》이 있다.

정위
精卫

고염무(顾炎武)

만사가 공평하지 않다고는 하지만
너는 왜 스스로 고생을 사서 하는가?
길이 한치도 될가 말가 한 몸으로
오랜 시간 나무를 물어 나르는구나.
동해를 평평하게 메우는 것이 소원이니
한번 먹은 마음은 바뀌지 않는다네.
큰 바다 평평하게 메워지지 않으면
이내 마음 절대 포기하지 않는다네!
아아! 그대는 보지 못하는가?
서산에 나무를 물어 나르는 새들은 많아도
날아오는 까치든 날아가는 제비든 모두가 제 둥지 만들고 있는 것을.

(원문)

万事有不平，尔何空自苦；
长将一寸身，衔木到终古？
我愿平东海，身沉心不改。
大海无平期，我心无绝时。
呜呼！君不见，
西山衔木众鸟多，鹊来燕去自成窠(kē)。

[정위는 중국 신화 속에 나오는 새 이름으로 본디 염제(炎帝)의 딸인데 동해에 빠져 죽은 뒤 정위라는 새가 되어 자신을 죽게 한 동해바다를 메우려고 날마다 나무와 돌을 물어다가 동해에 던지고 있다 한다. 이 시는 영원히 풀리지 않을 망국의 한을 정위라는 새에 비겨 토로한 시이다. 절대로 메워지지 않을 동해에 나무조각을 작은 부리로 물어 날라다 던지는 정위처럼 조국을 위하는 자기 마음은 죽는 날까지 변함이 없다는 집념을 표현하였다.]

작가소개

고염무(1613년－1682년): 명말 청초의 걸출한 사상가이고 학자이다. 자는 녕인(寧人), 호는 정림(亭林), 강소 곤산(昆山) 사람이다. 명조 제생(諸生)으로 고향에서 항청활동에도 가담하였고 청조가 들어서자 벼슬길에 나서지 않았다. 황종희(黃宗羲), 왕부지(王夫之)와 함께 청초의 '삼대유(三大儒)' 또는 '삼대사(三大師)'라 일컫는다. 저술로 《일지록(日知錄)》, 《천하군국리병서(天下郡國

利病書)》, 《조역지(肇域志)》, 《음학5서(音學五書)》, 《운보정(韻補正)》, 《고음표(古音表)》, 《시본음(詩本音)》, 《당운정(唐韻正)》, 《음론(音論)》, 《금석문자기(金石文字記)》, 《고정림시문집(顧亭林詩文集)》 등이 있다.

춘강고체(기축)
春江古体(己丑)

왕부지(王夫之)

방초 우거진 강섬에 봄새 나닐고
갓 나온 꽃술들은 맑은 물에 비꼈어라.
맑은 구름은 감돌다 산속으로 들어가고
새벽이슬 반짝이며 실안개를 피워내네.
어제 금방 기러기떼 북으로 날아가더니
돌아올 때는 어느새 나무잎에 가을이 왔네.
상강(湘江)은 계령(桂嶺)과 이어져있고
요초(瑤草)에는 새로운 수심이 오르누나.

(원문)
春鸟弄芳洲, 初英照碧流。
晴云卷山入, 晓露炫烟浮。

昨日宾鸿北，来时木叶秋。

湘江连桂岭，瑶草趁新愁。

　　[이 시는 오언률시이다. 시제의 '기축'은 남명(南明) 영력 3년 즉 1649년이다. 당시 시인이 광서와 호남 어름에 있을 때 지은 시이다. 봄이 되여 새들이 나닐고 꽃들이 피고 기러기 날아가는데 시인은 이러한 봄날의 경치를 보면서 고국을 그리는 마음 그리고 망국의 한에 가슴앓이를 하고 있다.]

작가소개

　　왕부지(1619년—1692년): 청조의 사상가, 학자, 시인, 사인(詞人)이다. 자는 이농(而農), 호는 강재(姜齋), 만년에는 석선산(石船山)에 은거하여 후세사람들은 '선산선생(船山先生)'이라고 불렀다. 그는 호남 형양(衡陽) 사람으로 명조의 유민(遺民)이였다. 숭정(崇禎) 17년(1644년) 청군이 리자성(李自成)을 몰아내고 북경을 점령하자 이 소식을 들은 왕부지는 〈비분시(悲憤詩)〉를 짓고 '반청복명(反淸複明)'의 기치를 들었다. 후에는 호북, 호남 사이를 오고 가며 '반청복명' 운동을 하다가 고향 형양으로 돌아가 '광사(匡社)'와 함께 형양에서 의병을 일으켰다. 영력(永歷) 원년(1647년)에 청조에 반항하였지만 성공하지 못했다. 강희(康熙) 3년(1664년)에 《영력실록(永歷實錄)》을 써서 영력정권 16년간의 흥망성쇠를 기록했다. 강희 14년(1675년)에 왕부지는 석선산으로 이주해 생명의 마지막 18년을 지냈다. 74세에 사망한 후 대락산(大樂山) 고절리(高節里)에 안장되였다. 저작으로 ≪시역(詩繹)≫, ≪석당영일서론(夕堂永日緒論)≫, ≪주역외전(周易外傳)≫, ≪장자정몽주(長子正蒙注)≫, ≪상서인의(尙書引義)≫, ≪독사서대전설(讀四書大全設)≫, ≪로자연(老子衍)≫, ≪장자통(莊子通)≫ 등이 있으며 후세사람들이 편찬한 작품집 ≪선산유서(船山遺書)≫가 있다.

원앙호도가
鸳鸯湖棹歌

주이존(朱彝尊)

봄 맞은 춘성(春城)[1]에 오가(吳歌)[2]가 들려오고
은은한 취아(翠娥)[3]는 호수 기슭 길에 언뜻거리네.
일엽편주 루각 아래를 꿰지르며 지나가고
경지하(傾脂河)[4]가에는 떨어진 꽃잎이 지천이네.

(원문)
春城处处起吴歌，夹岸疏帘影翠娥。
一叶舟穿妆阁底，倾脂河畔落花多。

---

1) 춘성(春城): 봄을 맞은 도시라는 뜻으로 여기서는 가흥을 가리킴.
2) 오가(吳歌): 강남의 민가.
3) 취아(翠娥): 미인을 달리 비유하여 이르는 말.
4) 경지하(傾脂河): 릉엄사(楞嚴寺)의 동쪽에 있는 강. 릉엄사는 가흥시에 있는 절임.

中国古典文学丛书 金元明清诗选

[도가(棹歌)는 원래는 어민들의 배노래를 말하는데 후에 여기서 파생되여 물과 관련된 시들을 지칭하게 되면서 자체의 독특한 시가방식으로 되였고 주로 강남의 시인들이 많이 쓴다. 이 시는 주이존의 대형 조시 〈원앙호도가〉중의 한수로서 칠언절구이다. 가(歌)운을 따랐고 운각(韻脚)은 '가(歌)', '아(娥)', '다(多)'이다. 강남의 민속 풍정을 쓴 시인데 생동하고 자연스럽다. 원앙호는 가흥성 안에 있는 호수인데 지금은 남호라고 한다. 시는 가흥의 봄날, 강남의 민요가 도처에서 들려오는 생기발랄한 정경을 그렸다. 강남의 수향(水鄕), 사람들은 물가에 많이 거주하기에 량안을 묘사 대상에 넣었고 그 사이로 언뜻거리는 미인들을 묘사하였다. 또한 쪽배들도 물을 꿰질러 물 우의 루각 아래로 지나고 무덕무덕 락화가 보이고 강에는 녀인들이 쓰고 버린 연지들이 보인다고 씀으로써 봄의 정취를 한결 높이고 있다.]

작가소개

주이존(1629년—1709년): 자는 석창(錫鬯), 호는 죽타(竹垞), 만년의 별호는 소장로조어사(小長蘆釣魚師), 금풍정장(金風亭長)이며 수수(秀水, 지금의 절강 가흥) 사람이다. 강희(康熙) 18년(1679년) 박학홍유과(博學鴻儒科)에 급제하여 한림원검토(翰林院檢討)에 임명되였고 《명사(明史)》 편찬에 참가했다. 박학다식하였고 시는 학문의 깊이와 수사에 뛰여났으며 청신하고 질박하여 왕사정(王士禎)과 더불어 남북대종으로 불리였다. 특히 사에서 가장 뛰여났는바 그의 사는 고상하고 청아한 경지와 매끄럽고 맑은 음조를 추구했다 하여 '절서사파(浙西詞派)'의 창시자로 되기도 하였다. 1692년 병으로 귀향했다. 저서로는 《경의고(經義考)》, 《일하구문(日下舊聞)》, 《폭서정집(曝書亭集)》 등이 있고 편저로 《사종(詞綜)》, 《명시종(明詩綜)》 등이 있다.

아침비가 내리네
朝雨下

오가기(吳嘉纪)

아침비가 내리여

밭에 물이 깊게 고여 곡식이 물에 잠기고

주린 새들은 짹짹 뽕나무 우에서 울고 있네.

저녁에 비가 내리자

부자집 아들은 술을 거르고 친구들 모아

술 잔뜩 마시며 오직 몸이 너무 취하여 죽게 될가 걱정이네.

비가 그치지 않아

더운 여름인데도 하늘은 부자들에게 가을을 가져다주어

지붕 처마에선 락수물 줄줄 흘러 앉아있는 사방이 시원하고

앉아있는 무리중 경박한 자들은 이미 갖옷을 걸치고 있네.

비가 더욱 내리자

가난한 집에선 저녁도 되기 전에 문 닫고 누워있는데
그저께 어제 오늘 하여 사흘을 굶고 있는데도
지금껏 문밖에는 아무도 찾아오지를 않네.

(원문)
朝雨下，田中水深没禾稼，饥禽聒(guō)聒啼桑柘(zhè)。
暮下雨，富儿漉(lù)酒聚俦(chóu)侣，酒厚只愁身醉死。
雨不休，暑天天与富家秋，
檐溜淙淙凉四座，座中轻薄已披裘。
雨益大，贫家未夕关门卧，
前日昨日三日饿，至今门外无人过。

[이 시는 비 오는 날의 상황을 빌어 그 시대 사회 모순을 고발하고 있다. 여기의 부자는 청조의 통치배들이고 가난한 사람들이란 일반 백성들이다. 대조적인 수법을 썼기에 시의 내용이 더욱 뚜렷이 안겨오며 시적 형상이 생동하고 진실하게 느껴진다.]

작가소개

오가기(1618년－1684년): 청조 초기의 시인임. 자는 빈현(賓賢) 또는 야인(野人)이며 강소 태주(泰州) 사람이다. 그는 27세 때 청군들이 남하하여 명조를 멸망시키고 잔인하게 살륙과 략탈을 감행하는 것을 보고 고향에 숨어 가난하게 살았다. 오가기의 시에는 청군의 잔학성을 포함하여 그 시대의 혼란상을 반영하는 내용과 하층 인민들의 고통스러운 생활을 반영하는 내용이 많다. 그의 시는 감정이 진솔하고 백묘수법을 잘 썼으며 풍격이 예리하다. 작품집으로 《루헌시집(陋軒詩集)》이 있다.

섭산의 가을 저녁에 쓰노라
摄山秋夕作

굴대균(屈大均)

가을 수림은 잠시도 조용할 새 없거니
락엽이 질 때마다 새들이 자주 놀라누나.
온밤 불어치던 비바람이 멈춘 듯 싶은데
산 우로 언제 달이 뜰 지 모르겠네.
솔문을 여니 한가득 푸른빛이 쌓이는데
못물은 하늘땅 사이 빈 곳으로 흘러드네.
하늘닭이 울어 날이 차차 밝아오니
옷을 걸치고 원정의 길 떠날 생각뿐이네.

(원문)
秋林无静树，叶落鸟频惊。
一夜疑风雨，不知山月生。

松门开积翠，潭水入空明。
渐觉天鸡晓，披衣念远征。

[섭산은 남경에서 동북쪽으로 40리 떨어진 곳에 있는 서하산(栖霞山)이다. 순치(順治) 16년(1659년) 청병의 박해를 피해 삭발하고 중이 된 지 9년이 지난 굴대균은 남경에 와서 잠시 머물게 되였는데 그 때 섭산을 유람하고 이 오언률시를 지었다. 수련과 함련에서는 베개머리에서 듣고 느끼고 생각한 것을 썼는데 심리활동을 아주 생동하게 묘사하였고 경련에서는 날이 밝아 문을 열고 보는 경물들을 썼으며 미련에서는 옷을 걸치고 또다시 원정의 길로 나가려 하는 것을 썼다. 이 시는 경물에 감정을 의탁하였고 경물을 빌어 시의를 말하였으며 필치가 자유롭고 류창하다.]

작가소개

굴대균(1630년—1696년): 초명(初名)은 소륭(紹隆)이고 자는 개자(介子) 또는 옹산(翁山)이라 하였으며 광동 번우(番禺, 지금의 광주) 사람이다. 명조의 제생(諸生)이였고 청군들이 쳐들어오자 항청 군대에 들어가 투쟁을 하다가 실패하자 머리를 깎고 중이 되였다. 중년에 속세로 다시 돌아왔는데 늘 청조에 항거하는 활동에 가담하였다. 그래서 그의 시에는 청군의 횡포와 백성들이 당하는 고통을 노래한 것들이 많다. 오언근체시를 잘 지었으며 '령남삼대가(嶺南三大家)'의 한 사람이다. 작품집으로 《옹산시외(翁山詩外)》와 《옹산문외(翁山文外)》 및 《도원당집(道援堂集)》이 있다.

진회잡시(10)
秦淮杂诗(十)

왕사정(王士禎)

부수(傅壽)의 맑은 노래 사눈(沙嫩)의 퉁소소리[1]
단목박판, 옥피리 밤이면 사람들 불러 모았네.
지금은 밝은 달빛만 텅 빈 채 물처럼 흘러가고
청계(靑溪) 우의 장판교(長板橋)는 보이질 않네[2].

(원문)
傅寿清歌沙嫩箫, 红牙紫玉夜相邀。
而今明月空如水, 不见青溪长板桥。

---

[1] 부수는 자가 령수(靈修)이고 사눈아(沙嫩兒)는 이름이 완(宛), 자가 눈아(嫩兒)임. 둘 다 명조 말년에 당지에서 활약했던 유명한 기녀들임.
[2] 청계는 남경 동북쪽에 있는 현무호(玄武湖)의 물이 진회하로 흘러들게 파놓은 물길임. 장판교는 이 청계 우에 놓인 다리 이름임.

[작자가 양주추관(揚州推官)으로 있을 때 남경에 놀러가 청계가에 머물면서 부른 노래들이다. 본시 14수이나 그중 한수를 골랐다. 나라의 흥망에 대한 감상이 잘 드러나있다.]

작가소개

왕사정(1634년—1711년): 본명은 진(禛), 자는 자진(子真), 호는 완정(阮亭), 어양산인(漁洋山人)이며 산동 신성(新城) 사람이다. 일찌기 진사가 되어 벼슬은 형부상서(刑部尚書)에 이르렀다. 당송의 시풍을 받아 신운(神韻)을 중시하였다. 조기의 시작품들은 청려하고 담담하였으나 중년 이후로는 강건하고 힘있는 데로 발전하였으며 주이존(朱彝尊)과 더불어 이름을 날렸다. 시문집 《정화록(精華錄)》, 《대경당집(帶經堂集)》, 《당현삼매집(唐賢三昧集)》이 있다.

가을 버들(병서)
秋柳(幷序)

왕사정(王士禎)

서: 옛날에 강남의 왕자[1]는 락엽에 감동되여 슬픔을 느꼈고 금성(金城)의 사마(司馬)[2]는 버들가지를 부여잡고 눈물을 흘렸다 한다. 나는 본시 한이 많은 사람이라 성격이 감상적이다. ≪시경 · 소아(詩經 · 小雅)≫의 역부(役夫)처럼 감정을 버드나무에 기탁하고[3] 가을의

---

1) 강남의 왕자는 남조(南朝) 량(梁)나라 간문제(簡文帝) 소강(蕭綱)을 가리킴. 그의 〈추흥부(秋興賦)〉중에 "동정호에 락엽이 떨어지기 시작하고 변경 밖의 풀은 이전에 시들었네(洞庭之葉初下, 塞外之草前衰)."라는 구절이 있음.
2) 금성(金城)의 사마(司馬)는 동진(東晉)의 대사마(大司馬) 환온(桓溫)을 가리킴. 그가 북벌할 때 금성을 지나게 되였는데 전에 랑야내사를 담임했을 때 심어놓은 버들이 열 아름 되게 자란 것을 보고 개연히 탄식하기를 "나무도 오히려 이렇거늘 사람이 어찌 세월을 견디랴!"라고 하면서 버들가지를 붙잡고 눈물을 흘렸다고 하는 이야기가 ≪세설신어 · 언어(世說新語 · 言語)≫에 실려 있음.
3) ≪시경 · 소아 · 채미(詩經 · 小雅 · 采薇)≫에서 시적 주인공이 "어제날 종군하여 싸움터에 나갈 때는 / 버들가지 바람결에 하느작이였어라 / 오늘날 집으로 돌아가는 이 길에는 / 진눈까비 분분히 내리고 있어라(昔我往矣, 楊柳依依, 今我來思, 雨雪霏霏)."라고 읊은 대목이 있음.

슬픔을 담아 멀리 상수(湘水)의 언덕을 바라보며[1] 우연히 네편을 이루었으니 이제 동료들에게 보여서 나를 위하여 화작(和作)을 하여 달라고 부탁하는 바이다. 정유년 가을날 북저정(北渚亭)에서 씀.

    가을이 되어 어느 곳이 가장 넋을 잃게 하는가?
    저녁 해빛 아래 가을바람 부는 백하문(白下門)[2]이네.
    전번날에는 겨끔내기로 날던 봄 제비 모습이였는데
    지금은 저녁안개 속에 앙상하게 야위여간 모습이라네.
    둔덕에서 들려오는 황총곡(黃驄曲)[3]은 시름을 더해주고
    강남의 아늑한 오야촌(烏夜村)[4]은 꿈속에서도 멀어졌네.
    바람에 실려 오는 삼롱(三弄)의 피리소리를 듣지 마라![5]
    옥문관(玉門關)[6]의 애원(哀怨) 이루 말할 수조차 없거늘!

---

1) 옛날 초(楚)나라 송옥(宋玉)이 지은 〈구변(九辯)〉에서 가을의 애수를 노래한 '상수(湘水)가의 언덕'을 가리킴.
2) 백하문(白下門): 곧 백문(白門)임. 남경(南京)의 서성문(西城門)임. 후에는 남경을 대신 이르는 말로 쓰이게 되였음.
3) 황총곡(黃驄曲): 당(唐)나라 태종(太宗)이 타던 준마를 가리킴.
4) 오야촌(烏夜村): 오야촌은 진(晉)나라 목제(穆帝)의 황후(皇后)가 태여난 곳으로 그가 태여날 적에 많은 까마귀들이 밤에 몰려와 울어 그 마을 이름을 오야촌이라 부르게 되였다 한다.
5) 삼롱이란 세곡을 뜻함. 동진(東晉)의 환이(桓伊)는 피리를 잘 불었는데 한번은 명사인 왕휘지(王徽之)가 와서 피리를 연주해달라고 초청을 하였는데 수레를 타고 와서는 내리자마자 호상(胡床)에 걸터앉아 삼롱(三弄)을 연주하고는 바로 다시 한마디 말도 않고 수레를 타고 돌아갔다고 한 것이 《세설신어·임탄(世說新語·任誕)》에 실려 있음.
6) 옥문관(玉門關): 옛날에 서역(西域)으로 나가는 관문임. 지금의 감숙 돈황(敦煌) 서북쪽에 있었음.

(원문)

序：昔江南王子，感落叶以兴悲；金城司马，攀长条而陨涕。仆本恨人，性多感慨。情寄杨柳，同≪小雅≫之仆夫，致托悲秋，望湘皋之远者。偶成四什，以示同人，为我和之，丁酉秋日，北渚亭书。

秋来何处最销魂？残照西风白下门。
他日差池春燕影，只今憔悴晚烟痕。
愁生陌上黄骢曲，梦远江南乌夜村。
莫听临风三弄笛，玉关哀怨总难论。

[이 시는 시인이 스물네살 때인 순치(順治) 14년(1657년) 가을에 제남의 대명호(大明湖)의 수면정(水面亭)에서 지은 칠언률시이다. 본디 4수로 이루어진 조시에서 첫수만 번역하였다. 이 시는 당시에 화작(和作)하는 사람들이 매우 많았을 정도로 칭송을 받았던 시이다. 영향이 어찌 컸던지 문학단체인 '추류시사(秋柳詩社)'가 나왔을 정도였다. 이 시는 버들을 읊은 시이지만 버들 '류(柳)'자는 한 글자도 보여주지 않고도 버드나무로 자신의 감흥을 다 살려서 감정을 토로하고 있다.]

왕한기가 찾아오다
王韩起见过

심덕잠(沈德潜)

책을 들고 친구를 생각하노라니
먼곳의 나그네가 찾아오누나.
강남의 시골에 시절이 맞춤하니
궂은비는 루대에 오르지 아니하누나.
가난해도 나의 도를 고집하노니
문장은 너의 재주를 키워주누나.
쓸쓸한 마음에 리별의 우수 넘쳐도
솔직한 이야기는 술잔에 가득차리라.

(원문)
把卷思良友，天涯客正来。
江乡逢令节，阴雨罢登台。

貧賤甘吾道, 文章讓汝才。
悲懷兼別緒, 款款話深杯。

[왕한기(王韓起)는 이름은 경기(景琦), 자는 한기이고 강음(江陰) 사람이며 공생(貢生)이다. 기록에 따르면 왕한기는 스스로 명절(名節)이 높다고 자부했다고 하며 시인과는 가까운 친구 사이였다. 이 시는 오언률시이다. 회(灰)운을 땄고 운각은 '래(來)', '대(臺)', '재(才)', '배(杯)'이다. 이 시는 친구 사이의 우정과 서로를 인정하는 정감을 담은 시이다. 주제는 친구 왕한기가 찾아왔는데 그 과정과 정서를 시로 적으면서 그리는 정과 서로 존중하는 마음을 담은 것이다. 시인은 첫 두구에서는 책을 들고 친구를 생각하고 있는 데 친구가 마침 멀리서 찾아온 것을 썼다. 이 때 시인이 거주하는 강남의 수향은 때마침 좋은 계절인데(뒤의 구절과 결합해보면 응당 '중양절'이다) 풍경은 좋지만 아쉽게도 비가 내려 나란히 높은 곳에 올라 멀리를 바라볼 수 없었다. 시인은 여기서 필봉을 홱 돌려 자기가 친구에 대한 기대를 적었다. 즉 강남에 은거하여 빈한함을 싫지 않는 것은 내가 추구하는 도이지만 문학의 재능에서는 네가 나보다 더 낫다는 뜻으로서 이는 친구에 대한 추앙이다. 마지막 두구에서 시인의 사색은 다시 서로 만난 자리로 돌아오면서 두 사람 서로의 회포와 리별의 아쉬움을 나누고 있다. 이런 쓸쓸함을 무엇으로 달랠고? 바로 한잔 또 한잔에 오고가는 이야기들이다.]

작가소개

심덕잠(1673년—1769년): 자는 확사(确士), 호는 귀우(歸愚), 강소 장주(長州) 사람이다. 건륭(乾隆) 4년(1739년)에 진사에 급제하고 편수(編修)를 제수받았고 후에는 벼슬이 례부시랑(禮部侍郞)에 이른다. 건륭황제가 심덕잠에게 많은 시를 써주었다. 사망후 '문각(文慤)'이라는 시호가 내려졌다. 주로 격률시를 썼으며 저서로 《당시별재(唐詩別裁)》, 《명시별재(明詩別裁)》, 《국조시별재(國朝詩別裁)》, 《고시원(古詩源)》 등과 《죽소헌시초(竹嘯軒詩鈔)》, 《귀우시문초(歸愚詩文鈔)》, 《설시수어(說詩晬語)》 등이 있다.

령은사의 달밤
灵隐寺月夜

려악(厉鹗)

싸늘한 밤 불사(佛寺)는 흰빛에 싸였고
굽이진 계곡으로 사찰문이 통하누나.
달은 뭇봉우리[1] 우에 두둥실 떠있고
샘물은 어지러운 나무잎 사이로 흐르네.
한점 등불에 만물의 움직임이 멎어있고
외로운 경쇠소리에 사위가 텅 비여가네.
돌아오는 길에 호랑이 만날가 두려운데
하물며 바위 밑에선 바람이 일고 있음에랴!

(원문)
夜寒香界白，涧曲寺门通。

---
1) 뭇봉우리: 령은사 주변의 북고봉, 남고봉, 비래봉을 가리킴.

月在众峰顶，泉流乱叶中。
一灯群动息，孤磬(qìng)四天空。
归路畏逢虎，况闻岩下风。

[이 시는 오언률시이다. 항주 령은사 달밤의 경치를 묘사한 시이다. 수련에서는 시인이 령은사에 왔을 때의 느낌을 썼고 함련에서는 산간의 경치를 썼으며 경련에서는 사찰의 그윽한 환경을 썼고 마감 미련에서는 돌아가는 길에서의 처연한 마음을 표현하였다. 령은사 달밤의 경치, 느낌을 쓰면서 산중 불사의 그윽하고 고즈넉하며 공허한 기분을 돌출시키면서 시인의 고독하고 쓸쓸하여 견디기 어려운 심경을 토로하였다.]

작가소개

려악(1692년—1752년): 청조의 저명한 시인이며 학자임. 자는 태홍(太鴻) 또는 웅비(雄飛), 호는 번사(樊榭) 또는 남호화은(南湖花隱), 서계어자(西溪漁者)이며 절강 전당(錢塘) 사람이다. 강희 59년(1720년)에 거인이 되였으나 건륭 초기 어전 시험인 박학홍사과(博學鴻詞科)에는 불우하였으니 바로 시험과정에 실수로 '론(論)'을 '시(詩)' 앞에 놓았던 것이다. 이에 락방한 후 평생 벼슬길에 나가지 않았다. 그는 기이한 것을 찾아다녔고 도박을 좋아하였으며 시를 씀에 있어서는 오언시를 좋아하였다. 저서로 ≪번사산방집(樊榭山房集)≫, ≪료사습유(遼史拾遺)≫, ≪남송원화록(南宋院畫錄)≫ 등이 있다.

바다가 잡시
海上杂诗

송락(宋荦)

이전시대부터 있던 높은 루각이라[1]
저쪽은 푸른 바다가 넘실거리고 있네.
천년을 두고 갈석산(碣石山)[2] 솟아있고
아득히 등주(登州)[3]가 보일락 말락 하네.
물결은 시나브로 지는 해 바래여주고
바람은 먼 변새의 가을 기운 전해주네.
란간에 기대여 잠시 뜻을 읊조리는데

---

1) '높은 루각'은 산해관(山海關)을 가리킴. 산해관은 하북성 동북쪽 끝, 발해만 연안에 있는 진황도시(秦皇島市) 산해관구(山海關區)에 있음. 만리장성(萬里長城)의 동쪽 끝에 있는 관문으로서 예로부터 군사 요충지였음.
2) 갈석산(碣石山): 산 이름. 하북성 창려현(昌黎縣) 발해(渤海) 바다가에 있음. 일찍 진시황(秦始皇)이 여기에 올라 자신의 송덕비를 세웠고 조조(曹操)도 여기에 올라 시를 읊었다고 함.
3) 등주(登州): 고장 이름. 지금의 산동성 연대시(煙台市) 봉래구(蓬萊區)임.

커다란 매가 거친 바다가에 내리고 있네.

(원문)
杰阁从前代, 平看碧海流。
千年留碣石, 一发辨登州。
潮送斜阳落, 风传绝塞秋。
倚阑聊咏志, 俊鹘(gǔ)下荒洲。

[이 시는 송락이 가을날 산해관 성루에 올라 바다를 바라보면서 지은 오언률시이다. 본디 3수로 된 조시인데 첫째 수만을 선역한 것이다. 전 3련은 경치를 주로 묘사했고 미련에 가서는 자신의 뜻을 토로하고 있다. 시어를 잘 선택하여 썼기에 경물묘사에 있어서 기세가 웅장하고 서정토로 또한 아름답고 청신한 것이 이 시의 특점이다.]

작가소개

송락(1634년—1713년): 청조의 시인, 화가, 정치가임. 자는 목중(牧仲), 호는 만당(漫堂), 서파(西陂), 면진산인(綿津山人), 만년에는 서파로인(西陂老人), 서파방압옹(西陂放鴨翁)으로 불렸으며 귀덕부(歸德府, 지금의 하남 상구) 사람이다. 벼슬은 리부상서(吏部尚書)까지 지냈고 송시중에서도 특히 소동파(蘇東坡)의 시를 좋아했고 젊어서 후방역(侯方域)과도 문우로 지냈고 시문은 왕사정(王士禎)과 더불어 이름을 날렸다. 문집으로 《서파류고(西陂类稿)》가 있다.

묵죽화에 제하여
題画竹

정섭(郑燮)

어제밤 가을바람이 소상강을 건너와
바위를 건드리고 수림을 꿰며 기승부렸네.
오로지 대나무들만 조금도 두려움없이
용감하게 나서서 천만번 훌륭히 싸웠다네.

(원문)
秋风昨夜渡潇湘，触石穿林惯作狂。
惟有竹枝浑不怕，挺然相斗一千场。

[이 시는 칠언절구로 된 제화시(題畫詩)이다. 시에서는 대나무가 못된 바람 앞에서 강포를 두려워하지 않고 용감히 맞서 싸우는 투쟁정신을 찬미하였는데 바로 시인 자신의 강직한 성격을 쓴 것으

로도 볼 수 있다.]

> **작가소개**
>
> 정섭(1693년—1765년): 청조의 관료 출신의 문인이며 화가임. 자는 극유(克柔)이며 호가 판교(板橋)여서 흔히 '정판교'라고 불리였다. 강소 흥화(興化) 사람으로 건륭 원년(1736년)에 진사로 되고 산동 범현(范縣), 유현(濰縣)의 지현을 력임하였다. 대기근이 들었을 때 조정의 윤허 없이 개창(開倉)했다고 죄를 물어 벼슬에서 쫓겨나 귀향한 후 일생 대부분을 양주에서 그림을 팔아 생활하였다. 시와 술을 좋아하였고 그림을 잘 그려 '양주화파'의 풍격을 이루었고 '양주팔괴(揚州八怪)'의 한 사람으로 명성을 얻었다. 시(詩), 서(書), 화(畵)에서 정섭은 독보적인 경지를 이룩하여 세칭 '삼절(三絶)'이라는 평을 받았으며 특히 그의 묵죽화는 중국 회화사에서 중요한 위치를 차지하고 있다. 저작으로 《판교전집(板橋全集)》이 있다.

이끼
苔

원매(袁枚)

밝은 해빛 못 미치는 곳이지만
푸르른 봄은 꼭 스스로 온다네.
이끼가 피우는 꽃 좁쌀보다 작아도
모란꽃을 따라배워 활짝 피여난다네.

(원문)
白日不到处，青春恰自来。
苔花如米小，也学牡丹开。

[이 시는 원매가 은거하여 10여년이 지난 후인 건륭 29년(1764년)에 지은 오언절구이다. 이 시는 이끼가 비록 음습한 곳에서 자라지만 역시 나름 대로의 생활본능과 생명의향을 갖고 있으며 렬악한

환경에도 살아갈 용기를 잃지 않았다는 것을 노래하고 있다. 이끼를 인격화하고 시인의 감수와 정서를 이 시적형상을 부각하는데 융합시켰기에 시적형상을 완벽하게 하고 시의를 두드러지게 하면서 심오한 철리를 내포시킬 수가 있었다.]

작가소개

원매(1716년—1797년): 청조의 시인, 산문가임. 절강 전당(錢塘, 지금의 항주) 사람으로 자는 자재(子才), 호는 간재(簡齋), 수원(隨園), 존재(存齋)이며 남경의 소창산수원(小倉山隨園)에서 산다 하여 세칭 '수원선생(隨園先生)'으로 불리였다. 만년에는 스스로 호를 창산거사(倉山居士), 수원로인(隨園老人), 창산수(倉山叟)라고 하였다. 옹정(雍正) 5년(1727년) 수재로 되고 건륭 3년(1738년)에 거인이 되고 이듬해 진사로 되여 서길사(庶吉士)로 뽑혔다가 한림원(翰林院)에 들어갔다. 건륭 7년(1742년) 외직으로 전근되여 강남으로 내려가 률수(溧水), 강포(江浦), 술양(沭陽), 강녕(江寧) 등 현의 지현을 두루 지냈다. 건륭 13년(1748년) 벼슬을 사직하고 강녕 소창산의 수원에 복거하였으며 건륭 17년(1752년) 섬서에서 1년 관직에 있은 후로는 다시 벼슬길에 나서지 않았다. 교유가 넓었고 시문으로 이름을 날렸으며 성령설(性靈說)을 제창하였고 변문(騈文)에도 뛰여났다. 주요 저작으로 《소창산방시문집(小倉山房詩文集)》 80여권, 《수원시화(隨園詩話)》 등이 있다.

원간재를 추모하여(4)
挽袁简斋其四

요내(姚鼐)

반평생을 진회하에서 물을 희롱하며
사당나무 배에서 퉁소소리 늦도록 들었네.
등불 밝히고 연회 차릴 때는 한희재(韓熙載)[1]였고
미인들을 놀라 미치게 할 때는 두목지(杜牧之)[2]였네.
시문은 기려하여 강산을 찬연히 빛내였고
위인은 풍류스러워 관개(冠盖)[3]들 다투어 붙좇았더라.
륙조(六朝)[4]의 연화(煙花)는 이미 다 사라졌는데

---

1) 한희재(韓熙載): 남당(南唐)의 재상임. 그가 차린 연회를 그린 작품〈한희재 야연도〉가 유명함.
2) 두목지(杜牧之): 만당(晚唐)의 시인 두목(杜牧)임.
3) 관개(冠盖): 높은 벼슬아치가 머리에 쓰던 관과 해를 가리던 일산(日傘)을 통틀어 이르던 말. 여기서는 관리를 가리킴.
4) 륙조(六朝): 동한(東漢)이 멸망한 뒤 수조가 통일할 때까지 장강 남쪽에 있었던 여섯 왕조. 즉 오(吳), 동진(東晋), 송(宋), 제(齊), 량(梁), 진(陳)을 가리킴.

또다시 수원(隨園)에 와서 지난 때를 느껴보노라.

(원문)
半世秦淮作水嬉，沙棠舟送玉箫迟。
锦镫耽宴韩熙载，红粉惊狂杜牧之。
点缀江山成绮丽，风流冠盖竞攀追。
烟花六代销沉后，又到随园感旧时。

[이 시는 요내가 벗 원매를 추모하여 지은 칠언률시이다. 원매가 은거하여 보냈던 나날의 흥성거렸던 장면들을 집약하여 서술하였고 마감 미련에 가서는 필봉을 돌려 이 모든 번화가 세월 따라 가버리고 거기에 풍류남아 원매까지 가버린 허전한 마당에 다시금 수원에 와서 과거를 애잔한 감정으로 회억해보는 것으로 끝을 맺었다.]

작가소개

요내(1731년－1815년): 자는 희전(姬傳) 또는 몽곡(夢穀)이고 집 이름이 석포헌(惜抱軒)이므로 호를 석포(惜抱)라 하였고 동성(桐城, 지금의 안휘성 동성현) 사람이다. 그는 건륭 28년(1763년)에 진사에 급제하여 형부랑중(刑部郎中) 벼슬을 하였고 사고전서관(四庫全書館)의 찬수관도 맡았었다. 후에 사직하고 강녕(江寧, 지금의 강소성 남경시), 양주 등지의 서원에서 선후로 40여년 동안 강학하였다. 요내는 방포, 류대괴 이후의 '동성파(桐城派)' 고문의 대표 작가이고 동성파리론의 집대성자이다. 그는 산문은 '의리(義理)', '고거

(考據)', '사장(詞章)' 세가지가 다 구비되여야 한다고 제기하였다. 이런 원칙으로 편집한 ≪고문사류찬(古文辭類纂)≫은 매우 널리 전해진 문집이다. 그의 산문은 당송의 풍격을 따르면서 아울러 명조의 귀유광을 배웠던바 간결하고 우아하며 부드럽다. 저서로는 ≪석포헌전집(惜抱軒全集)≫ 등이 있다.

세모에 집에 이르러
岁暮到家

장사전(蔣士銓)

어머님의 자식 사랑 끝이 없어라
자식이 집에 돌아오는 것 만큼 기쁜 일 없다네.
보내주신 겨울옷은 바늘땀 촘촘하고
부쳐온 편지는 먹물자국이 산뜻하였네.
만나서는 몸이 축 갔다고 가슴 아파하시며
길에서 고생하지 않았냐 물어보시네.
자식된 도리 다하지 못하여 부끄러운데
밖에서 겪은 고생 어찌 말씀드리리까.

(원문)
爱子心无尽, 归家喜及辰。
寒衣针线密, 家信墨痕新。

见面怜清瘦，呼儿问苦辛。
低徊愧人子，不敢叹风尘。

[건륭 11년(1746년), 외지에서 근무하던 장사전은 설을 쇠려고 길을 떠나 섣달 그믐날에 집에 돌아왔다. 이 시는 골육의 정을 표현한 시이다. 오랜만에 집에 돌아와 설을 쇠는 아들과 아들을 걱정하던 어머니를 만나는 장면을 통하여 모성애의 심후함과 위대함을 노래하였다.]

작가소개

장사전(1725년-1785년): 청조의 시인이며 희곡작가임. 자는 심여(心餘), 초생(苕生)이고 호는 장원(藏園), 청용(淸容), 청용거사(淸容居士)이며 만년의 호는 정보(定甫)로 하였고 강서 연산(鉛山) 사람이다. 건륭 22년(1757년)에 진사가 되고 한림원편수(翰林院編修)를 지냈다. 건륭 29년(1764년)에 벼슬을 사직하고 즙산(戢山), 숭문(崇文), 안정(安定) 이 세 서원의 강석(講席)을 주최하였다. 희곡에 정통하였고 고문과 시에 조예가 깊었으며 시는 원매, 조익과 더불어 '강우삼대가(江右三大家)'로 불리였다. 저서로 시집 《충아당집(忠雅堂集)》, 희곡집 《장원구종곡(藏園九種曲)》이 있다.

부주사
浮洲寺

장사전(蔣士銓)

석양이 비쳐드니 호수는 열려있고
배터에는 물결이 높았다 낮았다 하누나.
오솔길을 따라 수림을 지나고 보니
마구 널린 돌들 사이로 새 길이 나지네.
깊은 숲에는 서늘한 바람 재워져있고
미칠한 대나무들은 서로 붙안고 엉겨져있네.
빈 정자에는 시나브로 땅거미 오르고
물결빛에 가을 나무 흔들거리네.
구름안개에 온 세상 창망해가는데
고기배는 저녁 이내를 헤치며 가네.
갈매기와 벗할 사람은 보이지 않고
가벼운 배들만 스스로 오가고 있네.

(원문)

倒景开平湖，浅涨落沙步。
一径入空翠，乱石出新路。
深林蓄微凉，修竹莽回互。
虚亭上暝色，波光动秋树。
云气苍茫生，渔艇晚烟赴。
不见伴鸥人，轻舟自来去。

[이 시는 오언고시이다. 부주사는 파양호 동쪽에 있는 사찰인데 주변의 풍경이 절승이다. 이 시는 시인의 고향이 있는 강서 파양호 지역에 와서 부주사 주변의 경치를 쓴 시이다.]

《원유산집》에 제하여
題元遺山集

조익(趙翼)

왕조의 흥망을 몸소 겪어 지지리 오랜데

두 왕조 문헌들이 한 로인에게 모여졌네.

벼슬 없으니 주(周)의 곡식 먹어도 되고[1]

사료가 있으니 초왕(楚王)의 활 잃은 걸 걱정하누나[2].

행궁의 그윽한 향에 도깨비불 슬퍼하고

고도의 교목들은 갈바람에 흐느끼네.

나라는 불행하여도 시는 잘 쓸 수 있어서

창상지변(滄桑之變)을 실감나게 엮을 수 있었네.

---

1) 백이(伯夷), 숙제(叔齊)가 의를 지켜 주의 곡식을 먹지 않았다는 전고를 반의적으로 쓴 것임.

2) 원호문은 금조의 유민으로서 금조의 사료들을 보존하는 데 각별히 신경을 썼음. '야사정'을 세워놓고 금조 력사에 관한 문헌을 수집하였고 백만여자에 달하는 자료들을 기록하였음. '초왕(楚王)의 활'은 《공자가어·호생(孔子家語·好生)》에 나오는 전고임. 초왕이 사냥 나가서 활을 잃어버렸는데 곁의 신하들이 가서 찾아오겠다고 하자 초왕이 말하기를 "그러지 말라, 초왕이 잃은 활을 초나라 사람이 줏겠는데 그걸 뭘 하려 찾느냐?(止, 楚王失弓, 楚人得之, 又何求焉?)"라고 했다는 이야기임.

(원문)

身阅兴亡浩劫空，两朝文献一衰翁。

无官未害餐周粟，有史深愁失楚弓。

行殿幽兰悲夜火，故都乔木泣秋风。

国家不幸诗家幸，赋到沧桑句便工。

[이 시는 칠언률시이다. 이 시에서 조익은 원호문의 위인에 대해 깊은 동정을 표하고 있으며 원호문이 겪은 망국의 비운과 그의 작품에 나타나는 창상지변에 대한 개탄스런 표현들을 리해하여주고 있다. 이와 동시에 조익은 또한 시인과 력사학자로서의 신분으로 문학과 사학 분야에서 원호문을 인정하고 존경을 표하고 있다. 이 시에서는 특히 마감 미련의 시구가 주목을 끄는데 조익 본인의 문예사상을 표현하고 있다.]

작가소개

조익(1727년―1814년): 청조의 고증학자이며 시인임. 자는 운송(耘松), 호는 구북(甌北)이며 강소 양호(陽湖, 지금의 상주) 사람이다. 건륭 26년(1761년) 진사가 되고 월(粵), 전(滇), 검(黔) 등지에서 벼슬을 하였고 귀서병비도(貴西兵備道)를 지내다가 미구하여 벼슬을 버리고 집으로 돌아와 저술로 만년을 보냈다. 저술로 《입이사찰기(廿二史札記)》, 《해여총고(陔餘叢考)》, 《구북시초(甌北詩鈔)》, 《구북시화(甌北詩話)》 등이 있다.

한장갑
韩庄闸

옹방강(翁方纲)

밝은 달 아래 물굽이에 가을빛 젖어들고
몇몇 초가집 처마가 갑문을 베고 있네.
미산호(微山湖) 호수물은 마치도 거울 같아
강남 강북 산들을 도로 비추어 내보내누나.
문밖에서는 버젓이 만리 운하 흘러가는데
늘어선 인가들은 배줄로 매여놓은 배들 같네.
산 빛갈 물 빛갈 엇비끼고 내비치다가
짙은 구름이 되어서 나루터로 밀려드누나.

(원문)
秋浸空明月一弯, 数椽茅店枕江关。
微山湖水如磨镜, 照出江南江北山。

门外居然万里流，人家一带似维舟。
山光湖色相吞吐，并作浓云涌渡头。

[한장갑은 산동 미산현(微山縣) 동남쪽 미산호 기슭에 있는 갑문(閘門)이다. 대운하의 물을 조절하는 갑문인데 그 주변의 산천경개가 매우 아름답다. 이 시에는 그 풍경이 그림처럼 산뜻하게 그려져 있다.]

작가소개

옹방강(1733년—1818년): 자는 정삼(正三)이고 호는 담계(覃溪), 순천(順天, 지금의 북경시 대흥현) 사람이다. 건륭 17년(1752년) 진사가 된 후 벼슬이 편수(編修)를 거쳐 내각학사(內閣學士)에 이르렀다. 탁월한 감식력을 지니고 있으며 시와 문장도 잘 지었는데 시론에 있어서는 '의리'와 '문사'의 결합을 주장한 기리설(肌理說)을 주장하였다. 저서로 《량한금석기(兩漢金石記)》, 《복초재문집(復初齋文集)》 등이 있다.

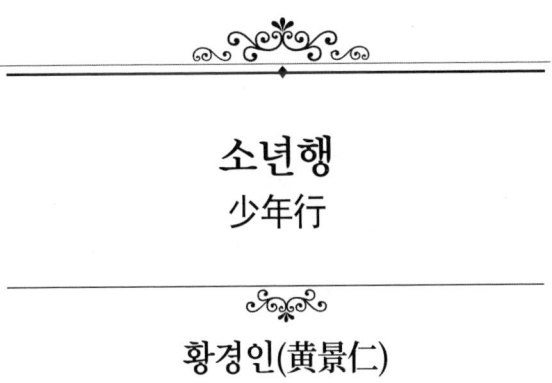

소년행
少年行

황경인(黄景仁)

사내라면 씩씩하게 전쟁터로 나갈 것이로되
루대(樓臺)에 올라도 고향 쪽은 아예 바라보지 않으리라.
태백산(太白山)[1) 높이 솟아 하늘에 닿아있고
보배로운 이내 칼은 달과 함께 빛을 발하고 있누나.

(원문)
男儿作健向沙场，自爱登台不望乡。
太白高高天尺五，宝刀明月共辉光。

[이 시는 칠언절구이다. 건륭 38년(1766년), 시인의 나이 열여덟살 때 지은 시이다. 혈기 왕성한 나이에 양주에 와서 공부하면서

---
1) 태백산(太白山): 산 이름. 섬서 용현(鄜縣) 동남쪽 진령(秦嶺)산맥에 있음.

279

미래에 대하여 신심이 가득했기에 나라를 위해 헌신하려는 이런 호매로운 시를 써낼 수 있었다.]

> 작가소개
>
> 　황경인(1749년－1783년): 자는 한용(漢鏞) 또는 중칙(仲則)이라 했으며 호는 록비자(鹿菲子)이고 상주부(常州府) 무진현(武進縣, 지금의 강소 상주시 무진구) 사람이며 송조 때의 시인 황정견(黃庭堅)의 후예이다. 네살에 고아가 되였고 가정형편이 청빈하였지만 어려서부터 시명(詩名)이 있었다. 건륭 31년(1766년)부터 생계를 위해 사처로 다니며 고생하다가 건륭 46년(1781년)에 가서야 현승(縣丞)으로 임명되였다. 그러고는 얼마 안 지나 건륭 48년에 병사하였다. 재간은 있으나 불우하게 생을 마친 시인이다. 문집으로 《량당헌집(兩當軒集)》, 《서려인고(西蠡印稿)》가 있다.

어머님과 작별하며
別老母

황경인(黄景仁)

휘장을 걷고 들어가 어머님께 절하고 하직하려는데
흰 머리의 어머니 시름겨워 보는 눈 눈물이 말라있네.
처참하여라, 삽짝문으로 눈보라 윙윙 기승부리는 밤
이런 때 이런 아들 있는 것은 없는 것 만도 못하네.

(원문)
搴(qiān)帷(wéi)別母河梁去, 白发愁看泪眼枯(kū)。
惨惨柴门风雪夜, 此时有子不如无。

[이 시는 칠언절구이다. 작자는 네살 때 아버지를 여의고 홀어머니와 어려운 생활을 하였다. 어려운 생활 속에 로모와 작별하는 작자의 쓰라린 마음이 잘 드러나 있다.]

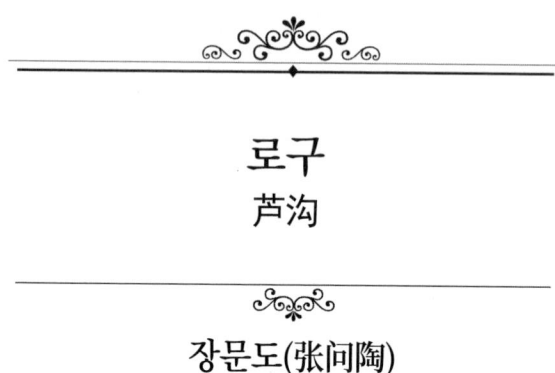

로구
芦沟

장문도(张问陶)

로구에서 남쪽을 바라보니 먼지만 일고
락엽 지고 찬 서리 내려 벌판은 횅하구나.
하늘과 바다의 시정(詩情)을 나귀 등에 업었는데
관산(關山)의 가을빛이 비속에 찾아오고 있네.
망망한 세상일 두루 읽어보았지만 결론은 별로 없거니
용속하게 남에게 의존하고 있으면 무용지물이라네.
옛날의 영웅들은 불러도 나오지 않으니
노래하며 부질없이 황금대(黃金臺)[1]에 제 지내네.

---

1) 황금대(黃金臺): 전국시기 연소왕(燕昭王)이 쌓은 황금대를 가리킴. 초현대(招賢臺)라고도 함. 그 터가 지금의 하북성 정흥현(定興縣) 고리향(高里鄕) 북장촌(北章村)에 있음.

(원문)

芦沟南望尽尘埃，木脱霜寒大漠开。

天海诗情驴背得，关山秋色雨中来。

茫茫阅世无成局，碌碌因人是废才。

往日英雄呼不起，放歌空吊古金台。

[로구는 즉 상건하(桑乾河)이며 영정하(永定河)의 상류이다. 거기에 놓여있는 로구교(蘆溝橋)가 유명하다. 건륭 49년(1784년), 당시 시인은 겨우 스무살 나이였다. 강한(江漢)의 식구들과 작별하고 건공립업(建功立業)의 리상을 안고 먼길을 걸어 북경에 응시하러 왔다. 이 시는 그 때 로구교를 지나면서 느낀 바를 쓴 것이다.]

작가소개

장문도(1764년—1814년): 자는 중야(仲冶), 호는 선산(船山)이며 사천 수녕(遂寧) 사람이다. 건륭 55년(1790년)에 진사가 되고 벼슬은 한림원검토(翰林院檢討)를 거쳐 강남도감찰어사(江南道監察禦史), 리부랑중(吏部郎中)을 지냈고 후에 산동 래주지부(萊州知府)로 임명되였다. 만년엔 벼슬을 그만두고 소주(蘇州) 호구(虎邱)의 산당(山塘)에 돌아와 살았다. 시들이 침울하고 공허한 풍격을 띠고 있다. 시집으로 ≪선산시초(船山詩草)≫가 있다.

그림에 제하여
題画

오숭량(吳嵩梁)

먼산에 저녁빛 맑게 개이고
푸른 하늘 아직 그대로 있어라.
새 한마리가 저무는 해 속으로 들어가
차거운 강물을 스스로 마시고 있네.

(원문)
遥山开晚晴, 空翠来未已.
一鸟步斜阳, 自饮寒江水.

[이 시는 오언고체절구로 된 제화시(題畫詩)이다. 저녁의 석양 속에 산색은 의구히 울울창창한 푸르름을 비추는데 물새 한마리가 저녁 해빛 담뿍 받으며 차거운 강가에서 물을 마시는 화면을 생동하

게 그려내여 왕유(王維)가 말한 '시 속에 그림이 있고 그림 속에 시가 있'는 경지에 이른 시이다.]

작가소개

오숭량(1766년－1834년): 청조의 문학가, 서화가이다. 자는 자산(子山), 호는 란설(蘭雪), 만년의 호는 철옹(澈翁), 별호는 련화박사(蓮花博士), 석계로어(石溪老漁)이며 강서 동향(東鄕) 신전(新田) 사람이다. 가경(嘉慶) 5년(1800년)에 거인(擧人)이 되고 내각(內閣) 중서관(中書官), 귀주(貴州) 검서주(黔西州) 지주(知州)를 지냄. 시에 능했고 당시의 황경인(黃景仁)과 같이 이름을 날렸으며 '시불(詩佛)'이라고 불리였다. 원매(袁枚)도 그의 시에 찬사를 아끼지 않았을 뿐이 아니라 왕창(王昶), 옹방강(翁方綱), 법식선(法式善)에게 추천해주었다. 시집으로 《향소산관시초(香蘇山館詩鈔)》가 있다.

수자리 가며 등정구에서 집사 람에게 이 말을 남기노라
赴戍登程口占示家人

림측서(林则徐)

힘에 부친데 짐은 중하여 오래 마음이 피로하여
늙은 몸으로 다시 중임을 감당치 못하리다.
나라에 리롭다면야 생사불고하고 나서야 할 텐데
어찌 화를 피하고 복만 쫓으려 한단 말인가?
이렇게 폄적되여 가 사는 것도 임금님 은총이라
관직에 물러나서 수졸이 되는 것도 알맞는 자리여라.
장난삼아 마누라에게 옛이야기 말해주노니

시험 삼아 '로두피(老頭皮)' 그 시 읊어 날 바래주오[1].

(원문)
力微任重久神疲, 再竭衰庸定不支.
苟利国家生死以, 岂因祸福避趋之.
谪居正是君恩厚, 养拙刚于戍卒宜.
戏与山妻谈故事, 试吟断送老头皮.

[이 시는 림측서가 귀양살이를 앞두고 가족에게 쓴 시이다. 나라의 리익을 앞에 놓고 개인의 득실은 따지지 않는 시인의 고매한 품성이 돋보인다. 불공정한 처분을 받고서도 자조적인 유모아로 자신을 관리해나가는 림측서의 이러한 자세는 흉금이 여간 넓지 않고서는 이를 수 없는 그런 경지에서만 나올 수 있다. 이 시는 백여년래 줄곧 애국주의의 명시로 애송되여 온 작품이다.]

---

1) 작자의 자주(自注)에 "송진종이 은자 양박이 시를 잘 짓는다는 말을 듣고 불러다 물었다. '여기 올 때 누가 시를 써준 것이 없느냐?' 그러자 하는 대답이 '신의 마누라가 시 한수 써주었는데 시에 이르기를 혼을 빼앗겨 술을 탐내지 마시고 절대 잘난 척 시를 읊지 마시라. 오늘 관부에 잡혀들어가면 이번엔 늙은 두상 잘못될 것이라고 하였습니다.' 황제가 이 말을 듣고 하하 크게 웃고 그를 도로 산으로 돌려보냈다. 또 동파가 옥살이 갈 때 처자들이 문밖까지 나와서 통곡하니 뒤돌아보면서 이런 말을 하였다. '양처사 처처럼 시 한수 지어야 하는데 당신 혼자만 그러지 못하는구먼.' 그 말에 처가 실소하였고 동파는 떠났다(宋眞宗聞隱者楊樸能詩, 召對問: '此來有人作詩送卿否?' 對曰: 臣妻有一首. 云: 更休落魄耽杯酒, 且莫倡狂愛詠詩. 今日捉將官裡去, 這回斷送老頭皮. 上大笑, 放還山. 東坡赴詔獄, 妻子送出門皆哭. 坡顧謂曰: '子獨不能如楊處士妻作一首詩送我乎?' 妻子失笑, 坡乃出.)." 이 두 전고를 쓴 것은 림측서의 활달한 흉금을 말해주고 있음.

작가소개

림측서(1785년-1850년): 아편전쟁시기의 걸출한 정치가이며 사상가이며 외래침략자를 반대하여 싸운 민족영웅임. 자는 원무(元撫) 또는 소목(少穆), 석린(石麟)이며 복건 후관(侯官, 지금의 복주시) 사람이다. 가경(嘉慶) 9년(1804년)에 거인이 되고 16년에 진사로 되였다. 가경 25년에는 외직으로 나가 절강항가호도(浙江杭嘉湖道)를 맡았고 도광(道光) 2년(1822년)에는 강소회해도(江蘇淮海道) 외직을 맡았다가 승진하여 강소안찰사(江蘇按察使)로 되였다가 도광 4년에는 강소포정사(江蘇布政使) 대리를 겸임하게 되였고 도광 7년에는 섬서안찰사(陝西按察使)에 포정사(布政使) 대리를, 도광 10년-11년에는 호북포정사(湖北布政使), 하남포정사(河南布政使), 강녕포정사(江寧布政使)로 있다가 동하하도총독(東河河道總督)으로 승진하였다. 도광 12년-16년에는 강소순무(江蘇巡撫), 량강총독(兩江總督) 대리, 량회염정(兩淮鹽政)을 지냈다. 이르는 곳마다 그릇된 정사를 바로잡고 민생을 챙기려 노력하여 성과를 올렸고 치적을 쌓았다. 도광 17년-18년에는 호광총독(湖廣總督)으로 발탁되여 금연을 실시하였으며 19년에는 흠차대신이 되여 광동에 가서 해구사건을 조사하였고 영국의 밀수품인 아편을 몰수하여 태워버렸으며 량광총독(兩廣總督)으로 임명되였다. 도광 20년(1840년) 영국의 도발에 반격하였지만 무함을 당해 혁직(革職)되였다. 도광 22년-25년에는 신강 이리(伊犁)에 정배살이 갔다가 도광 26년에 섬감총독(陝甘總督) 대리, 섬서순무(陝西巡撫)로 되고 도광 27

년—29년에는 운귀총독(雲貴總督)으로 있었다. 도광 30년(1850년)에 관직에서 물러나 가거하고 있다가 다시 흠차대신으로 임명되어 광서로 향하던 중 조주(潮州) 보녕(普寧)에서 사망하였다. 후에 '문충(文忠)'이라는 시호가 내려졌다.

기해잡시(제125수)
己亥杂诗（其一二五）

공자진(龔自珍)

구주(九州)[1]의 기가 살려면 바람과 우뢰를 믿어야 하는데
만마가 찍소리도 못 내고 있으니 정말 슬프기만 하구나[2].
권하노니, 천공(天公)[3]께서 다시한번 분발하시여
하나의 격식에 구애 마시고 부디 인재를 내려주소서.

(원문)

九州生气恃风雷, 万马齐喑究可哀。

---

1) 구주(九州): 여기서는 중국을 가리킴.
2) 송조(宋朝)의 소식(蘇軾)이 지은 〈삼마도찬인(三馬圖贊引)〉에는 다음과 같은 이야기가 씌어있음. "그 때(원우 초엽) 서역에서 공물로 말을 진상하였는데 그 말머리 높이가 여덟자였다. 머리는 룡의 머리 같고 가슴은 봉새의 가슴 같고 등은 범의 등 같고 털빛갈은 표범의 털과 같았다. 그 말이 동화문을 나서서 천사감에 들어서면서 갈기를 세우고 한번 길게 우니 만마가 찍소리도 못 냈다…" 공자진이 이 말을 인용하여 청왕조 통치가 사람을 질식케 한다는 것을 비유하였음.
3) 천공(天公): '하늘'을 높여 이르는 말. 우주를 창조하고 주재한다고 믿어지는 초자연적인 절대자를 가리킴.

我劝天公重抖擞, 不拘一格降人才。

[청조 도광 19년(1839년), 작자는 벼슬을 사직하고 강남으로 갔다가 식솔을 데리러 다시 북상하였다. 〈기해잡시〉는 이 해에 남북으로 오고가는 려로에서 지은 단시(短詩) 315수를 한데 묶은 조시이다. 이 조시에는 작자가 자기의 심정을 직접 토로한 것도 있고 지나간 일을 회억한 것도 있고 로상에서 보고 들은 것을 서술한 것도 있고 벗들과 주고받은 시도 있다. 이 조시는 작자의 생애와 사상을 알려주고 있을 뿐만 아니라 당시의 일부 사회현실을 반영하고 있다. 여기에 수록한 〈기해잡시〉 315수중의 제125수는 '만마가 죽은 듯하다'는 말을 빌어 청왕조의 부패한 정치가 인재를 압살하고 있음을 적발하면서 이런 현상을 개변해야 한다는 시인의 요구를 제기하고 있다.]

작가소개

공자진(1791년—1841년): 청조 때의 저명한 사상가, 시인, 문학가임. 자는 슬인(瑟人)이고 호는 정암(定盦, 또는 定庵)이며 절강 인화(仁和, 지금의 항주) 사람이다. 도광(道光)년간에 진사에 급제하고 내각중서(內閣中書), 종인부주사(宗人府主事), 례부주사(禮部主事) 등 관직을 력임하였다. 정치상에서 그는 봉건전제제도를 반대하였고 사회개혁을 주장하였다. 그의 시는 영회시와 풍유시가 많은데 당시 현실을 진실하게 반영하였고 사상성이 강하고 필치가 예리하며 감정이 격앙되여있다. 저술로 《정암문집(定盦文集)》이 있고 대표 작품으로는 산문 〈병매관기(病梅館記)〉, 조시 〈을해잡시(己亥雜詩)〉 등이 있다.

량계녀관 운향이 그린 란초장권에 제하여(1)
画兰曲题梁溪女冠韵香画兰长卷 (其一)

왕단(汪端)

녀관들 송경소리 어산(魚山)[1] 차거운 달밤에 울리고

송화가루 비처럼 선단(仙壇)[2]에 내리네.

정교한 창가에서 금호묵(金壺墨)[3]을 찍어내어

령비(靈飛)[4]를 쓰고 나서 란초를 그리네.

요생(瑤笙)[5]소리 은은할 때 우의(羽衣)[6]는 차거운데

푸른 호수 출렁이는 물결 속에 꿈을 꾸네.

은은한 꽃에 담긴 가을의 그림자

---

1) 어산(魚山): 산 이름. 기재에 따르면 조식(曹植)이 어산을 유람할 적에 청아한 송경소리가 하늘에서 울렸다고 해서 후에 어산은 송경하는 곳을 가리키는 말로 되였음.
2) 선단(仙壇): 신선이 사는 곳을 가리킨다. 여기서는 녀관(녀도사)들의 거처를 가리킴.
3) 금호묵(金壺墨): 정교하게 제작한 먹을 가리킴.
4) 령비(靈飛): 도교 경전인 《령비경(靈飛經)》임.
5) 요생(瑤笙): 옥으로 만든 생황.
6) 우의(羽衣): 깃털로 만든 옷. 여기서는 도사나 신선들이 입는 옷을 가리킴.

옥인(玉人)은 본래 두란향(杜蘭香)[1]이였다네.

(원문)
清梵鱼山夜月寒，松花如雨落仙坛。
绮窗初试金壶墨，写罢灵飞更画兰。
瑶笙吹彻羽衣凉，瑟瑟微波梦碧湘。
解为幽花写秋影，玉人原是杜兰香。

[이 시는 칠언절구이다. '한(寒)'자 운을 따랐다. 운각은 '한(寒)', '단(壇)', '란(蘭)'이다. 이 시는 그림의 머리에 단 서문이다. 시는 우선 차거운 달밤, 은은히 들려오는 녀관들의 송경소리와 비처럼 내리는 송화를 그린 란화 장권의 정경을 묘사하였다. 그림 속의 란초가 어떤 모양인가가 중요한 것이 아니라 중요한 것은 란화가 담은 내포와 그것이 상징하는 기질과 품격이 그림 밖에서 나타난다는 것이다. 그림 밖에는 그림을 그리는 녀도사들의 자태가 나타나 있다. 정교하게 조각을 한 창문과 먹, 그들은 《령비경》을 모사한 다음 란화장권을 그린다. 녀류시인 왕단은 시의 끝에 가서 집약된 정경을 보여주어 그림에 대한 관심에서 그림 밖의 그림을 그리는 사람을 상상 속으로 끌어들이게 하였다.]

---

1) 두란향(杜蘭香): 신화 전설에 나오는 선녀 이름임.

작가소개

　　왕단(1793년－1833년): 청조 때의 녀류시인이다. 자는 윤장(允莊), 호는 소온(小韞), 절강 전당(錢塘) 사람이다. 호북후보동지(同知) 진배지(陳裵之)의 안해이다. 어려서부터 시를 잘 썼고 력사 전고를 익숙히 알고 있었고 고계(高啓), 오위업(吳偉業)의 시를 좋아했다. 저서로 《자연호학재시초(自然好學齋詩鈔)》와 《원명질사(元明秩史)》 18권 등이 있다.

저녁 풍경
晚望

정진(鄭珍)

저녁 무렵 오랜 들판 우에 서니
아득히 태고의 봄처럼 느껴지네.
푸른 구름은 날아가는 새들을 빨아들이고
파란 벼 사이에서 길 가는 사람 나오네.
물빛은 가을이 멀어 고요하기만 하고
산 모습은 비 온 뒤라 더욱 산뜻하네.
오직 가엾은 것은 계곡 좌우의 집들이니
열집에 아홉집은 가난해 보이네.

(원문)
向晚古原上，悠然太古春。
碧云收去鸟，翠稻出行人。

水色秋前静，山容雨后新。
独怜溪左右，十室九家贫。

[이 시는 도광(道光) 12년(1832년)에 고향 준의(遵義)에서 쓴 오언률시이다. 어느 날 저녁 무렵 작자가 들판을 산책하다가 보고 느낀 소감을 읊은 것으로서 시인은 아름다운 주변 풍경에만 마음을 빼앗기지 아니하고 주변 마을의 가난한 농민들에게도 눈길을 돌리며 동정심을 토로하고 있다.]

작가소개

정진(1806년-1864년): 자는 자윤(子尹), 호는 시옹(柴翁), 별호는 자오산해(子午山孩), 오척도인(五尺道人)이며 귀주 준의(遵義) 사람이다. 도광(道光) 17년(1837년) 거인이 되고 려파현(荔波縣) 훈도(訓導)를 지냈으며 후에는 대부분의 생활을 학문과 시에 몰두하며 농촌에서 보냈다. 그는 '근대 송시학파(近代宋詩學派)'의 대표적인 인물의 하나이다. 그의 시가는 서남지역 산천 경물과 자신의 빈곤한 생활을 묘사한 내용이 많으며 현실을 반영하는 작품도 적지 않다. 저작으로 ≪소경소시집(巢經巢詩集)≫이 있다.

슬프다, 려순이여
哀旅順

황준헌(黃遵憲)

넓은 바다 아홉점 연기가 피여나는 곳[1]

장쾌하구나, 여기가 바로 말 그대로 천험이였네.

우뚝 솟은 포대는 성난 범이 내려다 보는 듯

홍의대장(紅衣大將)[2] 위엄 또한 대단하였네.

큰 군함들이 선거(船渠)[3]에 줄지어있어

개인 날도 우뢰가 울고 밤에는 번개가 번쩍거렸네.

높은 봉에 올라 멀리를 내려다 보면

---

1) 이 구절은 "멀리 바라보니 제주는 아홉점 연기 같고 바다는 한사발의 물을 쏟아놓은 것 같아라(遙望齊州九點煙, 一泓海水杯中瀉)."라는 당대(唐代) 리하(李賀)의 시구에서 따온 것임.

2) 홍의대장(紅衣大將): 대포의 이름임. 청태종(淸太宗) 천총(天聰) 5년(1632년)에 홍의대포를 다 만들게 되자 황제는 '천우조위대장군(天佑助威大將軍)'이라는 이름을 지어주었음.

3) 선거(船渠): 선박이 정박하거나 선박을 수리할 수 있도록 만들어놓은 시설을 가리킴.

백길 높은 기대에 룡기(龍旗)¹⁾가 바람에 펄펄 나붓기였네.

장성 만리에 예가 파수하는 보루이건만

고래와 대붕이 다투면서 집어삼키려 하네²⁾.

목을 빼들고 째려보며 호시탐탐 노리며

검은 손 내뻗쳐도 움켜쥘 엄두는 내지 못했네.

바다도 메우고 산도 흔들 수 있다 말을 하지만

수많은 귀축들이 모여 궁리해도 그럴 담략 없었다네.

하지만 그 천험이 일조에 재더미되고 말았으니

적군이 배후로부터 쳐들어왔다 하누나³⁾.

(원문)

海水一泓烟九点, 壮哉此地实天险 。

炮台屹立如虎阚(hǎn), 红衣大将威望俨。

下有深池列巨舰, 晴天雷轰夜电闪。

最高峰头纵远览, 龙旗百丈迎风颭(zhán)。

长城万里此为堑, 鲸鹏相摩图一啖。

昂头侧睨视眈眈, 伸手欲攫(jué)终不敢。

谓海可填山易撼, 万鬼聚谋无此胆。

一朝瓦解成劫灰, 闻道敌军蹈背来。

---

1) 룡기(龍旗): 청왕조의 국기임. 기발에 룡이 수놓여져있으므로 '룡기'라고 하였음.
2) 여기서 말하는 고래와 대붕은 제국주의 렬강을 가리킴.
3) 일본침략군은 려순항을 정면으로 치기는 비교적 어려우리라 짐작하고 화원항(花園港)에서 등륙하여 먼저 금주성, 그후에는 대련을 점령하였고 그로부터 열흘이 지난 후에 려순을 진공하였음.

[려순은 료녕성 료동반도의 가장 남쪽에 있는 군항이다. 〈슬프다, 려순이여〉 이 시는 중일갑오전쟁(中日甲午战争)기간인 1894년 말에 려순항이 일본침략군에게 점령당한 후의 시인의 비애와 분노의 심정을 토로한 것이다. 약 1895년에 썼을 것이라고 인정되고 있다. 시인은 시의 대부분 편폭을 리용하여 려순항의 험요한 지세와 엄연한 방위태세와 제국주의렬강이 함부로 침범하지 못하고 망설이는 꼴을 묘사하였다. 마지막 두구에서는 그런 금성탕지 같은 천험이 일조에 재더미로 되였다고 함으로써 시인의 비분을 함축성 있게 나타냈을뿐더러 청조 당국의 부패무능함을 힘있게 견책하였다. 이 시는 묘사가 생동하고 언어가 통속적이며 격조가 침중한 특점을 갖고 있다.]

작가소개

황준헌(1848년—1905년): 만청(晚清)의 시인, 외교가, 정치가, 교육가임. 자는 공도(公度)이고 별호는 인경로주인(人境廬主人)이며 광동 가응주(嘉應州, 지금의 매현) 사람이다. 광서(光緖) 2년(1876년) 거인이 되고 선후하여 해외로 나가 일본, 영국, 미국, 싱가포르 등지의 당지 청정부 대사관 참찬, 총령사 등 직책을 19년간이나 력임하였다. 1894년에 귀국후에는 자산계급개량파들의 정치 활동에 적극 참가하였다. 강유위(康有爲), 량계초(梁啓超)가 조직한 '강학회'에도 참가하였고 량계초와 함께 《시무보》도 꾸렸으며 무술변법(戊戌變法)에 참여하기도 하였고 호남안찰사(湖南按察使)를 지내면서 신정을 펴기도 하였다. 무술변법이 실패한 후 고향에 내려가 은거하며 시인으로 여생을 마쳤다. 그는 외국에 오래 거주하여 안목이 넓고 진보적이였다. 그의 시는 당시 사회의 중요한 사건들을 반영하고 있으며 특히 중화민족과 제국주의렬강과의 심각한 모순을 두드러지게 반영하였다. 그는 또 당시 '시계혁신의 도사(詩界革新導師)'라고 불릴 정도로 영향력 있는 시인이였다.